주석으로 쉽게 읽는
고정욱 그리스 로마 신화 10

주석으로 쉽게 읽는

고정욱 그리스 로마 신화

10

아이네이아스의 모험

고정욱 지음

애플북스

Greek and Roman Mythology

차
례

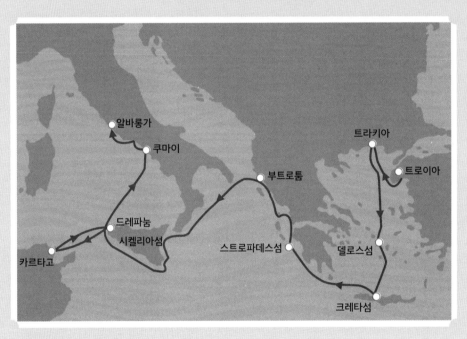

아이네이아스의 모험 경로

알바롱가
쿠마이
트라키아
트로이아
부트로툼
드레파눔
시켈리아섬
스트로파데스섬
델로스섬
카르타고
크레타섬

1

트로이아의 목마

트로이아 사람들은 초저녁부터 승리의 기쁨에 취해 먹고 마셨다.

"자, 우리의 승리를 축복하자."

"참고 견디니 결국 이런 날도 오는군."

골목골목마다 흥겨운 피리 소리가 울려 퍼지고 사람들이 노래하고 춤추면서 돌아다니는 소리가 요란했다. 간간이 술 마시는 무리가 왁자지껄하게 떠드는 소리도 들려왔다.

"자 오늘은 진탕 마시자고."

"디오니소스 신이 우리와 함께 있지 않은가."

사람들은 혀가 돌아가지 않을 정도로 몹시 취했지만 잔에 술을 가득

부어 계속 마셔댔다. 트로이아인들은 전쟁이 끝났음을 기뻐하며 즐기다가 하나둘 깊은 잠에 빠졌다.

어제까지 성벽 위에서 창과 칼을 들고 경계를 서던 트로이아의 병사들도 하나둘씩 술에 취해 잠이 들었다. 만일의 경우를 생각하며 마지막까지 바다 쪽을 노려보던 보초병마저도 아름다운 처녀가 가져온 포도주를 마시고 크게 취해 그만 성벽 밖으로 구토하더니 그대로 깊은 잠에 빠져들고 말았다.

트로이아의 역사는 스카만데르강의 신이 낳은 아들 테우크로스로부터 시작된다. 이때 그가 얻은 사위가 제우스와 엘렉트라의 아들인 다르다노스였다. 다르다노스는 테우크로스의 자리를 이어받아 이 지역을 다스리며 아들 에릭토니오스에게 왕권을 넘겼다. 에릭토니오스는 트로스를 낳았는데 그가 바로 이 땅의 이름인 트로이아의 기원이 된 왕이었다. 트로스의 아들 삼 형제 가운데 하나인 일로스는 자신만의 나라를 건설하고 싶었다.

"아버님. 저는 멀리 가서 새 나라를 건설하겠습니다."

"어디로 가려고 하느냐?"

"제우스 신께서 알려주실 겁니다. 저 얼룩소를 따라가서 소가 쉬는 땅을 저의 영토로 삼겠습니다. 그리고 나라를 건설하면 아버님의 이름을 따서 트로이아라고 짓겠습니다."

그렇게 해서 일로스는 하루 종일 얼룩소의 뒤를 따라갔다. 해가 지자 마침내 얼룩소는 바다가 멀지 않고, 강물이 흐르며 뒤에는 높은 산이 감싸주는 천혜의 요새인 풀밭에 앉아 쉬었다.

"이 땅이 바로 내가 나라를 세울 땅이다."

일로스는 그 땅에 창을 꽂았다. 그를 따라온 수많은 무리들은 각자 움막을 짓고 정착하기 시작했고, 그것이 트로이아의 시작이었다.★

하지만 그때까지 트로이아에는 성벽이 없었다. 트로이아의 역사 그 자체가 되는 이 성벽은 고대 에게해 문명의 여러 도시국가 가운데서도 가장 웅장하고 견고한 건축물 중 하나다. 이 성벽은 포세이돈과 아폴론이 라오메돈과의 약속으로 지었다.

"저 기름진 요충지에 신들을 숭상하는 사람들이 산다. 멋진 성을 지어 그들을 보호하고 오래도록 번영하게 하라."

자신의 후손을 보호하려는 제우스의 명령을 받은 것은 포세이돈과 아폴론이었다. 그들은 트로이아의 왕인 라오메돈을 돕기로 했다. 당시 라오메돈은 빈약한 경제력으로 이곳에 성을 쌓느라 고군분투하는 중이었다.

"그대의 고민을 우리가 해결해줄 것이다."

두 명의 신이 함께 나타나 라오메돈에게 약속했다.

"앞으로 트로이아는 평생 신들을 섬기며

여기서 잠깐!!

트로이아의 시작은 워낙 설이 구구해. 현재의 튀르키에 땅 근처인 바다가 보이는 아름다운 곳에 있었어. 도시를 '일리움' 또는 '일리아드'이라고 부르기도 했는데, 도시를 세운 일로스의 이름에서 따온 거야. 하지만 트로이아 하면 가장 많이 떠오르는 건 트로이아 전쟁이지. 일설에 의하면 트로스는 에릭토니오스의 아들이기도 하고, 일로스의 아버지라고도 해. 그래서 일로스가 트로스의 이름을 따서 이름을 트로이아로 정했지. 여느 나라의 신화처럼 전해지는 설이 너무 많아서 어떤 것이 진실인지 밝히는 건 사실 무의미할 정도야.

살겠나이다."

그때부터 두 신은 신비한 힘을 이용해 거대한 돌과 석재를 쌓아 올렸다. 험악한 산악 지역을 등지고 단단하고 높은 성벽을 완성한 것이다. 너무나 웅장하고 아름다운 성벽이었다. 하지만 인간은 화장실 갈 때와 나올 때의 마음이 다른 법이다.

'이제 성벽이 완성되면 본격적으로 이 지역을 지나는 배들에게 통행료와 항구세를 받고 각종 물자에 세금을 매길 수 있을거야. 하지만 그렇게 애써 번 돈을 신들에게 제물로 바친다고? 막대한 비용이 드는 신전 공사를 서두르라고?'

라오메돈은 수월하게 성벽을 쌓도록 도와준 신들에 대한 고마움을 저버리고 말았다. 신들에게 바치는 예물도 시원치 않았고 신전 건축도 지지부진했다. 이것을 신들이 모를 리 없었다.

"내가 저 트로이아 성을 무너뜨리고 말겠다."

"신을 능멸하는 자는 반드시 처벌받는 법이다."

포세이돈은 사람들을 잡아먹는 바다괴물을 보내 트로이아를 괴롭혔다. 그때 라오메돈의 딸 헤시오네가 괴물에게 끌려가는 걸 구해준 영웅이 바로 헤라클레스였다. 그러나 라오메돈은 헤라클레스에게 그 대가로 약속한 말을 주지 않았다. 이 때문에 헤라클레스는 나중에 동료들을 데리고 와서 트로이아를 약탈하고 라오메돈과 그의 아들들을 모두 죽였지만 헤시오네의 부탁으로 프리아모스만은 살려두었다.

이런 프리아모스와 함께 나라를 지키고 세운 영웅이 있었다. 그리스 군이 물러가 전쟁이 끝난 이 순간에도 그는 잠들지 못하고 있었다. 바로 트로이아의 용사 아이네이아스의 아버지 안키세스였다. 한쪽 다리가 불편했던 그는 용사의 아버지답게 온 트로이아 사람들이 흥에 겨워 잔치를 벌일 때도 절대 마음을 놓지 않았다. 높은 곳에 위치한 자신의 집 창밖을 통해 한창 흥청대다가 새벽이 되어 서서히 잠이 드는 도심을 바라보며 회한에 잠겼다.

'아들은 언제 들어오려나? 늙마에 겪은 이 길고 긴 전쟁이 정말 이대로 끝나는 걸까?'

그는 하늘을 올려다보았다. 올림포스산이 있을 곳을 바라보며 자신의 젊은 시절을 떠올렸다.

강대한 트로이아 부근에는 작은 소도시 나라들이 많이 있었다. 그들 중에 다르다니아라는 나라가 있었는데 이곳의 왕은 카피스였다. 그는 라오메돈의 누이인 테미스테와 결혼하여 아들을 낳았는데, 그가 바로 안키세스였다.

안키세스는 젊을 때부터 용사였고, 잘생긴 외모로 많은 여인들이 그의 곁을 맴돌고 있을 정도였다. 그에게는 에리오피스라는 아내가 있었다. 아내와의 금슬도 좋아 딸을 낳았으니, 그녀가 히포다메이아였다. 젊은 시절 안키세스는 모험심이 가득한 용사여서 인근 나라들을 방문하기도 하고 시간만 나면 산으로 사냥을 다니곤 했다. 하루는 그가 이다산 부근으로 사슴 사냥을 떠났는데 첫날부터 멋진 암사슴 여러 마리를 활로 쏘아 잡게 되었다. 사나이로서 행복을 느끼며 숲속에 같이 간 군사들과 야영을 하던 안키세스는 먼지투성이인 자신의 몸을 강물에 씻고 올라왔다. 그때 아름다운 여인 하나가 그를 바라보고 있었다.

"그대는 누구십니까?"

"저는 이 숲에 사는 여인입니다. 지나가다가 그만 용사님의 멋진 모습을 보게 되었어요."

안키세스에게는 이런 일이 새로울 것도 없었다. 오묘한 향기를 남기며 돌아서서 가는 그 여인의 뒷모습은 이 세상 누구보다도 아름다웠다.

"잠깐만! 나는 다르다니아의 왕자 안키세스라 하오. 그대와 잠시 이야기를 나누고 싶군요. 시간 있으시오?"

"네, 괜찮습니다."

그리하여 그들은 호숫가에 앉아 이런저런 이야기를 나누었다. 마침 떠오른 달빛에 비친 여인의 얼굴은 요정처럼 아름다웠다. 안키세스는 여인의 아름다움에 취해 그만 그녀가 살고 있는 깊은 동굴까지 따라 들어가고 말았다.

여인이 사는 동굴 내부는 아름다웠다. 각종 천으로 주변이 장식되어 있었고, 향긋한 풀과 과일들이 가득했다. 그곳에서 안키세스는 그 여인과 14일간 사랑을 나누며 꿈같은 시간을 보냈다.

어느날 아침 숲속 여기저기에서 안키세스를 찾는 사람들의 목소리가 들렸다.

"왕자님, 어디 계십니까?"

"돌아오십시오, 왕자님!"

함께 온 군사들이 기다리다 못해 그를 찾아 나선 것이었다.

"나를 찾는 소리요. 어떡하면 좋겠소?"

"어서 일행들에게 돌아가세요. 저는 당신의 아이를 잉태했습니다."

"그게 정말이오?"

"훌륭한 아들을 낳을 테니 내려가서 기다리시면 소식을 드릴게요."

"아기를 낳으면 내게 꼭 연락해주시오."

안키세스는 그렇게 이야기하고 황급히 동굴 밖으로 나와 자신과 함께 온 일행들을 만났다. 그렇게 그녀와 꿈같은 사랑을 나누고 다시 집으로 돌아온 뒤 9개월이 지난 어느 날 성문 앞 문지기가 그에게 소식을 알리러 왔다.

"왕자님, 웬 아름다운 여인이 아기를 안고 찾아왔습니다."

안키세스는 황급히 달려 나가보았다. 꿈에도 그리던 아름다운 그 여인이 아기를 안고 온 것이었다.

"어서 들어오시오. 나도 기다렸소. 나의 아기를 낳았구려."

궁전 안으로 데려와서 아기를 다시 보니 튼실한 남자아이였다.

"오, 크면 영웅이 될 만한 아이로군. 이제 당신은 이 궁에서 나와 함께 행복하게 삽시다."

"아닙니다. 저는 이제 다시 먼 산으로 떠나야 해요."

"어디로 간단 말이오? 당신은 이다산에 살고 있잖소."

그 순간 갑자기 여인은 빛을 뿜으며 여신으로 변했다. 바로 미의 여신 아프로디테였던 것이다.

"나는 그대의 용맹함에 반하여 사랑을 나누었다. 이제 그대에게 우리의 아이를 전해주고 가니 잘 키워라. 이 아이는 신의 계시를 받은 영웅이 될 것이다. 그리고 나와의 만남은 비밀로 하는 것이 좋겠다."

여신은 사랑의 선물로 그에게 아들을 낳아주고 사라져버렸다. 그러나 이 비밀은 빠르게 퍼져 나갔다. 사람들이 여기저기서 그에게 묻기 시작했다.

"누군가가 아기를 낳아 데려왔다면서요?"

"그렇소. 이 아이가 바로 내가 밖에서 낳은 아이요."

안키세스는 자랑스럽게 말했다.

"아기의 엄마는 누구입니까?"

비밀을 밝힐 수 없어 머뭇거리는 안키세스를 보고 주변의 신하들이 중얼거렸다.

"왕자님이 산속에서 신분을 알 수 없는 천한 여인을 만나 아기를 낳으셨대."

"저런, 왕가의 혈통이 흐려졌군."

안키세스는 발끈하면서 말했다.

"그게 아니다! 나와 사랑을 나눈 여인은 여신이다!"

"여신이요? 도대체 그게 누굽니까?"

"그 여신은 바로 아프로디테다. 세상에서 제일 아름다운 여신이 나의 아기를 낳아준 것이다. 알지도 못하고 입을 함부로 놀리지 마라."

이러한 소문은 금세 트로이아 전역에 퍼졌다.

"안키세스가 아프로디테 여신과 동침해서 아들을 낳았대."

"아들 이름이 아이네이아스래."

"그래? 정말 신기하군."

"여신이 인간을 유혹하다니. 여신들도 이제 볼 장 다 봤군."

"맞아. 신이나 여신이나 사람이나 그게 그거인 거야."

아프로디테가 안키세스에게 반해서 아기를 낳았다는 소문은 올림포스에까지 퍼졌다. 제우스가 그냥 있을 리 없었다.

"아프로디테를 당장 오라고 해라."

아프로디테는 고개를 숙이고 제우스 앞에 나타났다.

"넌 어찌해서 인간과 사통하여 아기를 낳아 이러한 소문이 퍼지도록 했단 말이냐?"

"죄송합니다. 안키세스가 워낙 멋진 인간이라 그만. 용서하십시오."

"그대로 둘 수 없다. 저자가 신과 동침한 사실을 떠벌리고 다니다니 당장 응징하겠다."

올림포스에서 인간 세상을 내려다보던 제우스는 안키세스가 아들을 자랑하며 사람들 앞에서 환하게 웃는 곳으로 벼락을 날렸다.

콰광!

벼락이 떨어진 궁전은 온통 아수라장이 되었으며 불이 치솟고 연기가 피어났다. 사람들이 놀라 정신을 차리고 보니 안키세스의 왼쪽 발이 시커멓게 타버린 것 아닌가. 벼락에 맞아 한쪽 발을 더 이상 쓸 수 없게 되었지만 그는 쓰러지면서도 아들을 보호하려고 온몸으로 감싸 안아서 다치지 않게 했다.

안키세스가 아들을 낳은 과거를 돌이키며 회상에 빠져 있을 때 트로이아의 불행은 시작되고 있었다. 트로이아인들과 함께 술을 마시고 마지막으로 곯아떨어진 척했던 시논이 성문 밖으로 몰래 빠져나간 것이다. 그는 테네도스섬과 해안가를 향해 횃불을 휘둘러 그리스 선단에 약속된 신호를 보냈고 마침내 목마의 배가 열렸다. 그러자 마치 굶주린 늑대가 목동과 개가 잠든 틈을 타 울타리 속으로 숨어 들어가는 것처럼 그리스군은 트로이아의 거리로 스며들었다. 이윽고 술에 취해 곯아떨어진 트로이아인들에 대한 끔찍한 살육이 시작되었다.

"아악!"

여기저기서 비명소리가 난무했다. 집집마다 불이 붙어 지붕이 활활 타올랐다. 시논의 신호를 받고 테네도스섬을 떠난 그리스 선단은 순풍을 받아 헬레스폰토스 항구로 쳐들어왔다. 그리스 군대는 트로이아를 단숨에 무찔러버리겠다는 의지에 불타 전날 목마를 끌어들였던 성벽의 커다란 구멍으로 공격해 들어갔다. 도시는 이제 트로이아 패잔병의 시체로 가득했다. 팔다리가 잘려나간 자들이 시체 위를 엉금엉금 기어 다녔으며 가까스로 일어나 도망치려는 자들은 등에 창을 맞고 여기저기에 다시 쓰러졌다. 부상자들의 신음소리는 부녀자와 아이들의 울부짖는 소리와 함께 뒤범벅되어 허공에 울려 퍼지고 있었다.

하지만 무방비 상태였던 트로이아군이 죽을힘을 다해 적을 막아냈기 때문에 그리스군도 적지 않은 피해를 입었다. 한밤중인데도 도시는 대낮처럼 환하게 빛나고 있었다. 타오르는 불길과 여기저기서 그리스군이 휘두르는 횃불이 전쟁터를 비추고 있었기 때문이다. 전쟁은 더욱 치열해졌고, 기세가 오른 그리스군은 닥치는 대로 상대방을 쓰러뜨렸다. 그들의 복수의 칼날은 트로이아의 가장 뛰어난 영웅들에게로 향했다.

디오메데스는 코로이보스의 목을 창으로 찔러 죽였다. 그리고 트로이아의 원로 안테노르의 사위인 창던지기 명수 에우리다마스도 거꾸러뜨렸다.

"네 이놈!"

트로이아의 원로 중 한 사람인 일리오네우스가 달려들었으나 디오메데스의 상대가 될 수는 없었다. 털썩 주저앉은 일리오네우스는 승리자의 무릎을 감싸 안으며 떨리는 음성으로 말했다.

"그대여, 부디 분노를 거두시오! 명예는 자기보다 힘센 자나 젊은 사람과 싸워 이겨야 얻는 것이오. 그대도 언젠가는 나처럼 늙게 될 것이니 이 늙은이를 좀 봐주시오!"

그러나 디오메데스는 그대로 노인의 목을 칼로 찌르며 말했다.

"나는 늙기 전에 있는 힘을 다해 적이란 적은 모조리 타르타로스로 보낼 생각이다!"

그렇게 말하고 그는 다시 달려가서 적들을 계속 베어 넘겼다.

시간이 흐를수록 그리스군은 점점 더 잔혹해졌다. 트로이아 성안 곳곳에 죽음의 신이 찾아들었다. 트로이아 귀족은 그 누구도 무사할 수 없었지만 딱 한 사람만은 예외였다. 그것은 트로이아의 장로 안테노르였다. 그는 프리아모스 왕과 친구 사이였지만 전쟁 이전부터 그리스의 몇몇 영웅들과도 친교가 있었다. 덕분에 그는 전쟁 중에도 트로이아와 그리스를 오가며 중재안을 내세우곤 했다. 가장 대표적인 것이 파리스와 메넬라오스를 결투로 담판 짓게 하자는 것이었다. 이런 사실을 잊지 않고 있던 오디세우스가 부하들에게 말했다.

"안테노르는 우리에게 호의적인 사람이다. 그러니 그의 집에 표식을 해두어라."

그리스군의 약탈에서 예외가 되는 징표로 표범 가죽을 걸어두었기 때문에 그의 집만은 무사할 수 있었다.

하지만 다른 곳의 사정은 그렇지 않았다. 그리스군과 트로이아군의 전투는 밤새 계속되었으며 그리스군은 트로이아의 주요 영웅들을 속속들이 찾아내 처치했다. 그리스군이 난공불락의 왕궁을 향해 접근했다. 그들의 최종 목표는 프리아모스 왕이었다.

"늙은 왕만 죽이면 이 전쟁은 끝난다."

그들은 비밀의 통로를 찾아 문을 부수고 막아서는 자들을 베어 넘기며 전진했다.

이때 프리아모스 왕은 왕비 헤카베의 슬픈 눈빛을 뒤로 하고 무기고로 달려가서 한참 손대지 않았던 자신의 황금 갑옷과 무기를 꺼냈다. 젊은 날 그가 입고 들고 다니던 것들이었다. 늙은 왕은 장렬한 전사를 꿈꾸고 있었다.

"아니 대왕이시여, 지금 무슨 생각을 하시는 겁니까?"

뒤늦게 헤카베가 달려와 갑옷 입은 프리아모스 앞을 막아섰다.

"나라도 나서야 하오."

"젊은 헥토르도 이 나라를 구하지 못했습니다."

"나는 나라를 구하려는 게 아니오. 이 나라의 왕으로서 적을 한 놈이라도 죽이고 죽겠다는 거요."

그 순간이었다. 왕궁의 가장 안쪽 황금 장식문이 부서져 나갔다. 그 뒤에서 모습을 나타낸 것은 성난 그리스군이었다.

"황금 갑옷을 입은 자가 프리아모스다!"

누군가의 외침에 프리아모스는 떨리는 손으로 창을 들었다. 그러나 잔인한 피루스가 한발 더 빨랐다. 재빨리 자신의 칼을 프리아모스 왕의 갑옷 옆 틈새로 깊이 찔러 넣은 것이다. 그걸로 끝이었다. 영광스러운 삶을 살았던 왕의 숨이 끊어지는 데에는 오랜 시간이 걸리지 않았다. 이처럼 그리스군은 트로이아군을 무자비하게 학살했다. 트로이아의 멸망은 불가피해 보였고, 그리스군의 공격은 계속되었다. 난공불락의 트로이아는 이처럼 목마*로 인해 하룻밤 사이에 허무하게 무너져버리고 말았다.

여기서 잠깐!!

트로이아 목마는 고대 그리스 신화에서 트로이아 전쟁의 마지막을 장식하는 상징적 장치로 널리 알려져 있어. 이 목마는 그리스인들이 성벽을 넘어 들어가기 위해 사용한 기만과 책략의 상징이야. 이 사건은 군사 전략과 기만술의 대표적인 예라고 할 수 있어. 그래서 오늘날까지 "트로이아 목마"라는 표현은 어떤 형태의 속임수나 은밀한 침투를 의미하게 되었지. 또한 이 목마는 또한 인간의 교활함과 지혜를 상징하기도 해. 오디세우스의 계획 아래 만들어진 이 목마는 그리스인들의 지략과 창의성을 보여주기 때문이야. 동시에 트로이아인들의 신뢰와 어리석음도 상징적으로 나타내줘. 그들은 목마를 신의 선물로 오해하고 성 안으로 들였기 때문에 파멸을 맞이하게 된 거야.

2

난민의 발생

　제대로 무장하지 못한 트로이아 병사들은 밤을 틈타 기습한 그리스 군을 막기 위해 맞서 싸우다 장렬하게 죽음을 맞이하고 있었다. 이때 트로이아의 장군인 아이네이아스는 아버지 안키세스의 집에 머무르고 있었다. 트로이아 사람들은 그리스군이 모두 물러갔다고 안심하고 있었는데 아이네이아스도 모처럼 깊은 잠에 빠진 상태였다.

　그는 꿈속에서 함께 싸웠던 전우들을 만나 이야기를 나누고 있었다. 헥토르를 만난 아이네이아스는 반가워하며 그에게 다가갔다. 그러나 헥토르는 아킬레우스에게 질질 끌려다니던 먼지투성이 모습 그대로였다.

　"아니 헥토르 장군! 우리가 무사히 장례를 치러주었는데 이게 어찌

된 모습이오?"

헥토르는 피눈물을 흘리며 긴박한 상황을 아이네이아스에게 말해 주었다.

"아이네이아스! 어서 빨리 일어나시오! 당신만이라도 지금 당장 도망쳐야 하오! 모든 게 끝났다오! 성벽이 무너지고 온 도시는 불바다가 되고 있소! 그대는 아프로디테의 후손이오! 트로이아의 운명은 그대를 통해 계속 이어질 것이니 어서 이곳에서 도망가시오! 트로이아의 수호신들을 모시고 이곳을 떠나시오!"

"나에게 어디로 가라는 것입니까? 그리스군은 목마만 남기고 다 물러가지 않았소?"

"눈을 뜨시오! 어서 바다로 나가시오! 새 땅에 이르면 우리 형제들을 위해 새로운 나라를 세워주시오! 이게 우리들의 운명이오!"

눈을 번쩍 뜬 아이네이아스는 꿈속에서 들리던 함성이 진짜임을 알게 되었다. 성안에 온통 사람들이 내지르는 비명으로 가득했기 때문이다. 창밖은 타오르는 화염으로 대낮처럼 환했다. 바깥을 내다보면서 아이네이아스는 헥토르의 말대로 그리스군이 다시 쳐들어온 상태임을 알게 되었다.

"이게 어찌된 일이란 말이냐?"

그가 황급히 지붕 위로 올라가 보니 트로이아 성안은 이미 지옥 같은 상황이 연출되고 있었다. 보고 있지만 도저히 믿을 수가 없었다. 사방에서 비명소리가 난무했고, 온통 아수라장이었다.

"나만 살겠다고 혼자 도망칠 수는 없다. 목숨을 다해서 적들을 물리치겠다!"

칼을 집어 든 아이네이아스는 부하들을 모두 깨웠다.

"일어나라! 우리 성을 지켜야 한다! 어서 밖으로 나가자!"

그는 제대로 무장하지 못한 상태로 어둠을 뚫고 그리스군을 찾아 헤매기 시작했다. 이윽고 시가전을 벌이고 있는 판토스, 리페우스, 에피토스 장군을 만났다. 그들은 피투성이가 된 얼굴로 그에게 말했다.

"큰일이오! 물러갔던 그리스군이 다시 쳐들어왔소!"

그들은 상당 부분 전의를 상실한 상태였다. 이미 전세가 기울었다는 것을 알게 된 아이네이아스는 절망했다. 트로이아 병사들은 모두 도망치기에 바빴다. 불붙은 성안은 온통 그리스군의 방패로 가득했다. 그들은 트로이아 남자들을 닥치는 대로 잡아 죽이기 시작했다. 사람들은 자기가 알고 있는 은신처에 모두 숨어버렸다. 아이네이아스와 그의 부하들은 대세가 넘어갔다고 생각하고 방심하고 있던 그리스군을 기습 공격했다.

"우리가 살길은 이 자들의 갑옷을 빼앗는 것이다!"

아이네이아스와 부하들은 죽은 그리스 군사들의 몸에서 갑옷을 벗겨 입고 그들처럼 위장했다.

"이제 어떻게 할까요?"

"그리스군의 진영으로 들어가자!"

그것은 탁월한 판단이었다. 혼란 상황에서 적의 심장을 찌르고 들어가는 전략. 그리스군으로 변장한 트로이아 군사들은 한적한 곳에서 방심한 적들을 한 명씩 찔러 죽였다. 그리스군은 갑자기 내부에서 반란이 일어난 것 같아 혼란스러워했다.

"아무래도 우리 중에 반역자가 있는 것 같다! 정신 바짝 차려라!"

하지만 그리스군으로 위장하고 어둠 속에서 기습했기 때문에 적인지 아군인지 알 수 없는 상황이었다. 그때 절규하는 프리아모스의 딸 카산드라의 모습이 보였다. 그리스 병사들은 신전에 있던 그녀를 질질 끌고 나왔다.

"카산드라를 구해라!"

아이네이아스가 외쳤다. 대세는 이미 기울었지만 눈앞에서 왕의 딸이 죽는 것을 볼 수 없었기 때문이다. 트로이아의 병사들은 카산드라를 구하기 위해 칼로 후려치며 그리스군을 죽였다. 하지만 그 와중에도 트로이아 백성들과 군사 수도 빠르게 줄어들었다. 양군이 서로 적의 복장으로 변장한 채로 상대방을 죽였기 때문이었다. 누가 적인지 아군인지 알 수 없는 상황이었다.

"이제 전세를 뒤집을 수 없다! 우리는 살길을 찾아야 한다! 나를 따르라!"

아이네이아스와 생존자들은 프리아모스 왕의 궁전으로 향했다. 왕을 구해서 피신한다면 언젠가는 트로이아를 다시 되살릴 수 있겠다는 생각이었다.

그러나 때는 이미 늦었다. 궁전은 모두 불타고 프리아모스 왕은 이미 시체가 되어 나뒹구는 상태였다. 그리스군이 쳐들어오는 모습은 마치 저승사자들이 몰려오는 느낌이었다. 온갖 도륙질과 함께 여인들이 비명소리를 듣게 된 아이네이아스는 왕궁 이곳저곳을 누비고 다녔지만 그의 부하들은 어느덧 하나둘씩 사라지고 말았다. 모두 이미 늦었다는 사실을 깨닫고 각자 살길을 찾아 나선 것이다.

그 순간 아이네이아스는 헥토르가 꿈에서 나타나 자신에게 해줬던 이야기가 떠올랐다.

'그대는 어서 도망가서 우리의 자손들을 위한 나라를 세우시오!'

"아, 이미 끝난 것이었구나!"

절망에 빠진 아이네이아스는 아버지 안키세스와 사랑하는 아내 크레우사★가 어린 아들과 함께 떨고 있을 것을 생각했다. 그는 황급히 집으로 발걸음을 옮겼다. 그때 헬레네가 두려움에 떨고 있는 모습이 보였다. 아직까지 그녀를 아무도 발견하지 못한 것이었다. 트로이아를 이 지경으로 만든 바로 그 여인. 그녀 때문에 수많은 사람이 죽고 성이 불타는 모습을 보자 아이네이아스는 헬레네가 고향인 미케네로 돌아가는 것을 이대로 두고 볼 수 없었다.

"내가 너를 죽이고 말겠다! 모든 불행의 씨앗인 여자여!"

하지만 신들은 이때 헬레네가 죽는 것을 원하지 않았다. 아프로디테 여신이 갑자기 나타나서 끼어들었다.

"아들아! 이 여인은 네가 죽일 수 있는 사람이 아니다! 어서 가족을 찾아 너의 운명을 따르거라! 헬레네를 탓하지 마라! 이것은 신들의 일이다."

"어머니! 너무하시지 않습니까?"

아이네이아스는 눈물을 흘렸다.

"그렇지 않다. 포세이돈은 이 성벽을 다 흔들었고, 헤라가 나에 대한

미움으로 그리스인들을 돌봐주고 있지 않느
냐? 위대한 제우스 신까지도 트로이아의 원수
들을 도와주고 있다. 네가 살려면 이곳을 피하
는 길밖에 없다! 어서 도망쳐라!"

도시는 점점 더 거세게 불타고 있었다. 여
신의 안내에 따라 아이네이아스는 무너지는
벽들을 피하고 불꽃을 막으며 집으로 향했다.
황급히 집 안으로 달려 들어간 아이네이아스
는 아버지에게 외쳤다.

"아버지! 피신하셔야 합니다! 빨리 준비하
세요!"

그러나 귀족의 고상함을 갖춘 안키세스는
고개를 저었다.

"나만 살겠다고 이 성을 버리고 떠날 수는
없다!"

"알겠습니다! 아버님! 그러면 저도 함께 죽
겠습니다! 다시 나가 싸우겠습니다! 가족들을
버리고 혼자 피신할 수는 없으니까요!"

그러나 그때 어린 아내 크레우사가 나섰다.
그녀는 유일한 아들 이올로스*를 품에 안은
채 눈물로 호소하는 것이었다.

"여보, 다시 나가지 마세요! 제발 떠나지 말

여기서
잠깐!!

프리아모스 왕과 헤카베의 딸이야.
일설에 따르면 그녀는 그리스군에게
포로가 되어 잡혀 갔다고도 해. 시어
머니 아프로디테가 납치해서 구했다
는 이야기도 있어. 하지만 전쟁의 와
중에 자신의 안전을 지키지 못해 아
이네이아스와 이별하게 된 건 사실
이야. 이처럼 전쟁은 가장 약한 노인
이나 여인 그리고 어린이와 장애인
에게 끔찍한 결과를 가져오지. 강한
힘으로 적을 제압하지 못하면 끔찍
한 결과를 빚기 때문에 싸워 이긴다
는 자세를 항상 가져야 해.

● ● ●

아이네이아스의 유일한 아들이야.
설마다 그 이름이 마구 달라져. 율리
유스라고도 하고, 아스카니오스라
고도 하고, 아스칸이라고도 불러. 훗
날 로마제국을 만드는 게 바로 이 아
들의 혈통에서 시작되니까 아주 중
요한 인물이야.

고 우리 곁에 있어주세요!"

크레우사가 흐느끼며 애원하는 사이에 신탁이 내려왔다. 어린 이올
로스가 쓰고 있는 모자가 마치 불이 붙은 것처럼 번쩍이는 것이었다.
머리카락이 타거나 모자에서 연기가 나는 것은 아니었다. 안키세스는
이러한 광경을 자세히 지켜보았다.

"아! 이건 신의 계시다! 좋은 조짐이야! 제우스 신에게 기도하겠다.
제우스 신이여! 우리에게 지혜를 주십시오! 우리는 어찌해야 합니까?"

그 말이 끝나자마자 벼락이 내려쳤다. 놀라서 하늘을 올려다보니 별
똥별 하나가 어두운 밤하늘을 가르며 바다 쪽으로 떨어졌다. 안키세스

는 그걸 보고 모든 것을 납득할 수 있었다.

"이제 알겠다. 아들아 어서 이곳을 떠나자! 내가 잘못 판단한 것 같
구나!

"아버님 제 등에 업히십시오!"

아이네이아스는 사자 가죽을 등에 얹은 후 아버지를 업었다. 과거에
지중해 이웃 나라를 여러 번 항해하며 외교관계를 맺었던 용사 안키세
스. 하지만 그는 이제 너무 늙어서 걷기조차 쉽지 않았다.

"아들아, 어서 가자!"

아이네이아스는 어린 이울로스의 손을 잡고 크레우사에게 외쳤다.

"여보! 잘 뒤따라오시오! 우리는 빨리 이곳을 빠져나가야 하오!"

그때 그의 하인과 종들도 몰려 들어왔다. 그들은 벌써 떠날 준비를 하고 짐을 챙겨 들고 있었다.

"이대로 함께 움직이면 우리 모두 죽는다. 서로 흩어져 성 바깥으로 빠져나간 후 오래된 편백나무가 있는 언덕에서 다시 만나도록 하자!"

"알겠습니다! 주인님!"

그들은 각자의 가족과 자녀들을 이끌고 불길이 치솟는 거리로 몰려 나갔다. 아버지를 업은 아이네이아스는 성문을 향해 달렸다. 어둠이 짙게 드리워진 가운데 주위는 온통 비명 소리와 말들의 울부짖는 소리, 불붙은 대들보가 무너지는 소리로 가득했다. 여기저기에서 그리스 병사들이 쫓아오는 함성도 들렸다.

"갑시다!"

아이네이아스는 만일을 대비해 방패와 칼을 잡고 아버지까지 챙기며 이동하느라 정신이 없었다. 아들이 잘 따라오고 있는지를 확인하며, 어둠 속에서 함께 걸어오고 있는 아내에게 외쳤다.

"여보! 당신도 우리를 잘 뒤따라오시오!"

그러나 황급히 성 밖으로 나왔기 때문에 크레우사가 미처 뒤따라오지 못했다는 사실을 뒤늦게야 알게 되었다. 그리스 병사들이 이미 성문을 다 장악하고 있었기 때문에 소리쳐 부를 수도 없었다.

"아! 무사히 잘 탈출했기를!"

할 수 없이 간절한 마음으로 약속 장소인 편백나무 밑으로 서둘러서 가보았다. 그곳에는 벌써 제각각 빠져나온 자들이 아이네이아스를 기다리고 있었다.

"어서 오십시오! 장군, 기다리고 있었습니다!"

"아버님과 아들을 잠시 보호해다오! 나는 아내를 찾으러 다시 갔다 와야겠다!"

"빨리 돌아오십시오! 동이 트면 그리스군이 쫓아올 겁니다!"

아이네이아스는 다시 지옥을 향해 걸음을 옮겼다. 무너진 성벽 사이로 뚫고 왔던 길을 되짚어가며 아내를 소리쳐 불렀다.

"크레우사! 크레우사! 어딨소?"

그는 아내를 찾아 사방을 헤매고 다녔다. 그때 한쪽 골목에서 크레우사가 서 있는 모습이 보였다.

"당신 여기 있었구려!"

아이네이아스는 달려가서 크레우사를 번쩍 안아 들고 뛰려고 손을 내밀었다. 그러나 그의 팔은 크레우사의 몸을 통과해 허공을 휘젓고 있었다. 몇 번을 반복해도 마찬가지였다.

"당신 도대체 어떻게 된 일이오?"

"사랑하는 당신! 슬퍼하지 마세요! 저는 이제 이 세상 사람이 아니랍니다!"

"아아!"

크레우사는 이미 죽은 상태였다.

가슴이 찢어지는 아픔에 아이네이아스는 눈물을 흘렸다.

"울지 마세요! 이건 신들의 뜻이자 제 운명입니다. 어서 떠나세요! 반드시 새로운 행운이 찾아올 거고, 당신은 왕족을 새 아내로 맞이할 거예요!"

그는 몇 번이고 아내를 끌어안으려고 했지만 아무런 소용없었다. 남편을 잃고 헤매던 그녀는 이미 그리스군의 칼날에 희생된 후였다.

아이네이아스는 자신을 기다리고 있는 아들과 아버지, 그리고 식솔들이 생각났다. 이제 아내가 죽은 것이 확실해졌으니 그에게 남은 선택은 이 지옥에서 빠져나가 약속 장소인 편백나무로 돌아가는 일뿐이었다. 아이네이아스는 다시 어둠 속을 뚫고 쫓아오는 그리스 병사 몇 명을 제거하며 황급히 성을 뛰어넘었다. 그러고는 미친 듯이 내달렸다.

다시 편백나무 밑에 가보니 쓸쓸한 무리들만이 아이네이아스를 기다리며 두려움에 떨고 있었다. 동쪽에서 서서히 여명이 움트는 것을 보며 바닥에 앉아 걸을 힘이 없는 아버지를 다시 들쳐 업었다.

"아버님 어서 가시지요!"

"아들아, 가자!"

어린 아들의 손을 잡고 아이네이아스는 앞장섰다. 믿을 것이라고는 아이네이아스뿐인 난민들도 그의 뒤를 따랐다. 그는 산으로 올라갔다. 이제 혹독한 운명이 그를 기다리고 있었고, 아이네이아스는 자신의 어머니인 아프로디테가 명령한 대로 살길을 찾아 나설 수밖에 없었다.

3

신의 뜻에 따라서

　대부분의 영웅들이 그러하듯 모험과 방랑을 떠날 때는 가야 할 목적지가 분명한 법이다. 아프로디테 여신으로부터 들었던 대로 아이네이아스는 자신의 할 일을 잘 알고 있었다. 그의 가족과 자신을 따라온 무리들을 새로운 나라로 이끌고 가서 제2의 트로이아를 세우는 것이 그의 임무였다. 하지만 어디로 가야 할지 정확히 알 수 없었다. 제우스 신이 알려준 대로 그저 바다로 나아가는 길밖에 없었다. 재투성이가 된 폐허를 뒤로하고 신들이 이끄는 대로 살 만한 곳을 찾아나서기 위해 나무를 베어다 바닷가에서 배를 만들었다. 살아남은 자들은 여름이 다 되어서야 배를 물에 띄울 수 있었다. 이 모든 작업을 진두지휘한 사람은 바로 안키세스였다. 그는 돛을 올리고 아시아 해안*을 출발하여 멀리 서쪽으로 가자고 말했다.

"이제 떠납시다!"

아이네이아스는 본의 아니게 이 모든 선단을 이끌게 되었다.

"자, 나를 따르라! 우선 트라키아로 가도록 하자."

그들은 배를 띄워 섬들이 많은 먼 바다로 무작정 항해를 시작했다. 하지만 그들이 원하는 곳으로 갈 수 있을지는 아무도 알 수 없었다. 트라키아는 오래전부터 트로이아와 사이가 좋았던 지역이었다. 그들이라면 분명히 아이네이아스 일행에게 정착할 땅을 내어줄 것이라 여겼기 때문이다.

며칠간의 항해 끝에 그들은 트라키아의 어느 해안에 도착했다. 지친 몸을 이끌고 배에서 내린 일행이 나뭇가지를 꺾어 제단을 쌓고 불을 붙이려 할 때 갑자기 놀라운 일이 일어났다. 부러진 나뭇가지에서 시커먼 피가 솟아나는 것이 아닌가. 다른 가지도 꺾어보았지만 역시 마찬가지였다. 그때 지축이 울리는 듯한 큰 울부짖음이 들려왔다.

"아이네이아스! 아이네이아스!"

깜짝 놀란 아이네이아스가 좌우를 살펴보았다.

"이게 무슨 일이냐?"

"아이네이아스! 나를 그만 괴롭히라!"

"그대는 도대체 누구인가?"

"나는 폴리도로스*요! 내 몸에 박힌 창과 화살들이 나무로 변해서 여기 이렇게 누워 있소이다! 나에게 자비를 베푸시오! 트로이아의 동포들이여!"

아이네이아스와 같이 간 사람들은 모두 깜짝 놀랐다. 우방이라고 여겼던 트라키아 사람들이 친구인 폴리도로스 왕자를 배신하고 살해한 사실을 알게 된 것이다. 그리스와 한창 전쟁 중일 때 프리아모스 왕은 왕족을 보존하기 위해 많은 양의 황금과 함께 폴리도로스 왕자를 트라키아 왕에게 보내서 군대를 요청한 적이 있었다. 그는 다음과 같은 내용을 트라키아 왕에게 보냈다.

이 황금과 황금의 주인도 잘 보살펴주시길 바랍니다.

그러나 폴리도로스 왕자는 얼마 후 트로이아가 전쟁에서 패했다는 소식을 듣게 되었다. 그러자 간사한 트라키아 왕은 곧바로 그리스와 손을 잡았다. 그리스에서는 당연히 후환을 없애기 위해 폴리도로스를 죽이라고 했다. 트라키아 왕은 폴리도로스만 죽이면 그의 모든 재산과 황금을 차지할 수 있고 트로이아에 지원군을 보낼 필요가 없다는 것을 너무나 잘

소아시아지역으로 불리며 현재 튀르키예의 서쪽 끝 지역으로 흑해·마르마라해·에게해·지중해 등에 둘러싸인 반도를 말해.

● ● ●

프리아모스 왕의 아들이야. 전쟁 중에 너무 어려서 참전하지 못했지만 달리기가 빠르다고 아킬레우스에게 도전했다 죽었다는 말도 있고 또 다른 설에 의하면 혹시 모를 일에 대비해 프리아모스가 자신의 혈통을 보전하려고 이 아들을 트라키아의 왕에게 맡겼다고도 해.

알고 있었다. 그리하여 활과 창으로 그를 찔러 죽이고 산속에 내던져 놓았던 것이다. 그 나무들이 자라서 숲을 이루자 이러한 일이 벌어졌다.

깜짝 놀란 트로이아 사람들은 눈물을 흘리며 폴리도로스의 장례식을 치러주었다. 그들이 꺾은 검은 피가 흐르는 나뭇가지를 제단에 올려놓고 태웠다. 폴리도로스는 마침내 땅에 묻혔고, 제대로 제사를 지내주자 더 이상 그의 영혼은 스틱스 강가를 떠돌지 않게 되었다.

그들은 높다랗게 봉분을 쌓고 꽃다발과 편백나무로 장식했다. 머리를 풀어 헤친 여인들은 멀리까지 와서 처참하게 죽음을 당한 슬픈 왕자의 운명을 애석해하며 제물로 우유와 소의 피를 뿌렸다. 제사가 끝나자 아이네이아스가 말했다.

"비겁한 트라키아 놈들에게 우리의 운명을 맡길 수는 없다. 배를 타고 어서 떠나자! 이곳은 저주받은 땅이다!"

트라키아를 벗어난 그들은 다시 에게해로 나섰다. 그리고 남쪽으로 항해하여 도착한 섬은 바로 델로스였다. 예로부터 델로스는 바다 위를 떠다니는 섬이라고 불렸다. 바다를 떠다니기 때문에 불안한 상태에서 아폴론 신은 옆에 있는 미코노스섬과 기아로스섬을 델로스와 서로 묶어놓았다. 그러자 섬은 더 이상 떠다니지 않게 되었으며, 순풍이 불어와 트로이아 난민들이 탄 배가 이 섬에 무사히 닻을 내릴 수 있었다. 아폴론 신의 성지인 이 섬에 도착한 아이네이아스 일행은 가장 먼저 신전을 찾아가 제물을 바치면서 예를 갖추었다. 그러자 갑자기 재단이 흔들리며 우렁찬 신의 목소리가 들려왔다. 아폴론의 목소리로 온 신탁이었다.

"트로이아의 고통받는 자들아! 너희들은 고향을 찾고 있는 것이냐? 너희들은 딴 곳으로 갈 곳이 없다! 너희들의 조상 땅이 너희들을 다시 맞아들일 것이니 그곳으로 가라. 아이네이아스 가문이 온 땅을 지배할 것이다! 옛 어머니를 찾아가는 길이 너희들이 갈 곳이다!"

하지만 구체적으로 어느 섬 어느 나라로 가라는 말은 없었다. 어머니를 찾아가라는 의미는 가문의 조상 땅을 말하는 것이었다. 어리둥절해하는 아이네이아스를 보자 안키세스가 과거의 기억을 되살렸다.

"그래. 내가 어린 시절에 들은 이야기도 그런 거였다. 이제 기억이 나는구나."

그의 말을 듣자 부하들도 일제히 소리쳤다.

"장군, 트로이아의 먼 조상인 테우크로스가 크레타섬을 출발하여 아시아 지역에 도착했다는 말을 전해 들은 기억이 어렴풋이 납니다! 저도 들었습니다."★

"그게 정말이냐?"

"맞습니다!"

"그렇다면 우리가 갈 곳은 크레타섬의 크노소스 왕국이다!"

여기서 잠깐!!

건국신화는 대개 문자가 아니라 구전으로 전해져. 말에서 말로 이어지는 것이기에 자신들의 근원이 어디인지를 오랜 시간 전달하다 보면 착오가 생기거나 이본이 발생해. 그중에서 많이 애용하는 것들이 정설이 되곤 하지. 그러니 이렇게 과거에 자신들이 들은 이야기를 비교해가며 고향으로 돌아간다는 이야기는 흔한 일이야.

그들은 아폴론 신의 계시를 받은 후 서둘러 배를 떠웠다. 계속 항해하다 보면 버려진 어느 무인도에 도착하리라 생각했던 것이다. 그들은 에게해의 거친 파도를 헤치고 수많은 섬들을 지나쳐 갔다. 디오니소스의 신도들이 춤추고 있는 낙소스섬을 지나 도누사섬과 올레아노스섬도 비껴갔다. 복잡한 섬 사이의 파도를 헤쳐 나가 키클라데스섬들도 스쳐 지나갔다. 순풍이 계속되어 그들은 마침내 크레타섬의 어느 해안에 도착할 수 있었다.

크레타섬은 제법 넓었다. 그들은 해안가에 도착하자마자 땅에 입을 맞추고 기뻐하며 성벽을 짓기 시작했다. 그들은 도시의 이름을 페르가미아라고 지었다. 마침내 목적지에 도착했다는 마음에 그들은 신이 나서 열심히 일했다.

"만세! 이곳은 영원한 복 받은 우리의 땅이다!"

"여기서 다시 부흥을 이루자!"

밭에서는 밀이 자라기 시작했고, 젊은 남녀들은 결혼식을 올렸다. 집집마다 밥 짓는 연기가 피어올랐으며, 양과 염소의 울음소리가 가득했다. 이곳에서 그들은 새로운 나라를 건설할 수 있으리라 굳게 믿었다.

하지만 이곳은 그들이 살 수 있는 땅이 아니었다. 신들은 그들을 이곳에서 빨리 떠나게 하려고 큰 재앙을 내렸다. 전염병이 순식간에 퍼져 여기저기 사람들이 쓰러지고, 아이들이 몹쓸병에 걸려 약도 제대로 써 보지 못하고 죽어 나갔다. 뿐만 아니라 하늘에서는 시리우스 별이 나타나 흉조를 예고했다. 가뭄이 몰아쳐 비가 한 방울도 내리지 않는 바람에 새로 경작한 밭에 심은 작물들은 모두 바짝바짝 타들어 갔다. 이 상태가 계속되면 배고픔과 질병으로 모두 죽을 수밖에 없었다.

안키세스는 아이네이아스에게 말했다.

"아들아, 이대로는 안 되겠다! 다시 델로스섬으로 돌아가자! 가서 아폴론 신에게 도움을 청해야 한다!"

"그렇게라도 해봐야겠습니다."

아폴론 신에게 도움을 청하러 델로스섬으로 돌아가려고 마음먹은 아이네이아스는 잠을 자다 다시 꿈을 꾸었다. 깊은 밤 교교한 달빛 아래 하나둘 모습을 드러낸 이들은 바로 트로이아의 각지에서 모시던 수호신들이었다. 피난길에 챙겨왔던 그 신상들은 후손들이 고통받는 것을 보고 이야기를 해주려고 꿈에 나타난 것이다.

"용맹한 우리의 후손 아이네이아스이여! 안심하라! 아폴론 신을 찾아갈 필요는 없다!"

"그러면 어찌해야 합니까? 신의 뜻을 알려 주십시오!"

"그대는 아폴론 신의 뜻을 제대로 이해하지 못했구나. 어리석은 아이네이아스여! 이곳 크레타는 그대들의 고향이 아니다!"

"여기가 아니라고요?"

"그렇다! 그대들의 고향은 다른 곳에 있다! 더 먼 옛날 조상이 출발한 곳. 트로이아의 아버지인 다르다노스의 땅이다."

"라티누스 말입니까?"

"그렇다. 아이네이아스! 그곳이 바로 트로이아인들의 새로운 고향이 될 것이다."

"당장 그곳으로 가겠습니다!"

아이네이아스는 새로운 힘이 생겨나는 기분이었다.

"그대들에게는 길고 오랜 방황의 세월이 기다리고 있다! 그대가 이끌고 갈 곳이 그 땅이니 지체 없이 나아가도록 하라!"

잠에서 깬 아이네이아스는 안키세스에게 이러한 꿈 이야기를 전했다. 정신이 흐리고 나이가 많은 안키세스였지만 아들의 꿈 이야기를 듣더니 바로 고개를 끄덕였다.

"아들아, 내가 큰 실수를 한 것 같구나. 우리의 조상은 테우크로스★뿐만이 아니란다."

"네? 그게 무슨 말씀이십니까?"

"우리 조상 중에는 다르다노스★도 있다. 이제 보니 그의 고향인 라티누스로 가라는 뜻이었구나!"

이제 모든 의문이 풀린 것 같았다. 인간의 삶에는 수많은 조상들의 흔적이 남겨져 있다. 한 사람의 근원을 따져보면 수많은 조상이 있기 때문이다.

"알겠습니다! 이제는 제대로 찾아갈 수 있겠지요."

그들은 아폴론의 말의 뜻을 이해하고 떠날 준비를 했다.

"우리는 조상이 점지해준 땅을 향해 다시 떠나려 한다. 남을 사람은 여기에 있어도 좋고 떠날 사람은 함께 떠나도록 하자."

그 말에 함께 따라온 무리들은 각자 갈 길을 정했다. 마침내 남아 있겠다는 사람들을 두고 떠날 사람들만 배에 태운 채 그들은 다시 먼바다로 나아갔다. 한동안은 순풍을 받아 순조롭게 항해했지만 에게해의 거친 파도는 이내 변덕을 부리기 시작했다.

꽈과광!

번개가 하늘을 가르고 어둠 속에서 비가 세차게 쏟아져 내렸다. 키잡이인 팔리누로스는 방향을 분간할 수 없다고 투덜대면서도 최선을 다해서 키를 움켜잡았다. 그는 여기저기 흩어진 배들을 가급적 한데 모으려고 애를 썼다. 그들은 사흘이 넘도록 폭풍우에 휘말려 나뭇잎처럼 떠돌아다녔다. 마침내 비가 그치자 저만치에 육지가 나타났다.

"육지다! 우리가 살 곳은 저곳이다!"

모두 있는 힘을 다해 해안으로 배를 저어 나아갔다. 그들이 도착한 땅은 스트로파데스 섬에 있는 어느 항구였다. 어느새 그리스반도를 휘감아 돌아 서쪽까지 온 거였다. 그 섬의 들판에는 소와 염소가 한가로이 풀을 뜯고 있었으며 주변은 아주 평화로워 보였다. 섬에 상륙한 그들은 소와 염소를 잡아 잔치를 베풀었다. 이렇게 좋은 땅에 도착했다는 것이 고마워서 신들에게 제사를 올렸다. 이제 모두가 편하게 먹고 마시면서 흥겨운 잔치가 곧 벌어질 예정이었다.

그러나 그들은 이 섬의 주인이 누구인지 알

여기서 잠깐!!

일설에 의하면 테우크로스는 신과 요정이 결합해 낳은 아들이라고 해. 또 다른 설에 의하면 트로이아로 이주해 온 이방인이라는 설도 있어. 신들은 땅의 자식들이 공격하는 땅에 정착하라고 했는데 트로이아에 오니까 쥐들이 활과 화살을 쏘아 이곳이 그곳이라고 믿고 정착했다고 해. 그래서 그는 트로이아 왕가의 선조가 되었고 다르다노스와 자기의 딸을 결혼시켜 그 후손들이 트로이아를 건설했어.

● ● ●

아틀라스의 딸인 엘렉트라와 제우스 사이의 아들이야. 사모트라케에 살던 그는 고향에 홍수가 나서 살 수가 없게 되자 뗏목을 타고 맞은 편의 아시아 쪽으로 항해를 해서 갔어. 그곳에서 테우크로스 왕의 딸 바티에이아와 결혼하고 나라를 건설했어.

지 못했다. 옛날부터 이 섬에는 하르피아이*들이 살고 있었다. 하르피아이는 새의 몸에 얼굴이 창백한 여자 얼굴을 한 괴물들이었다. 고기를 굽고 음식을 만들어 먹자 갑자기 냄새를 맡은 수많은 하르피아이들이 날아들었다. 그들은 손 대신 날카로운 발톱이 나 있었고, 배에는 언제나 지저분한 오물이 번질번질 흐르고 있었다. 보기만 해도 끔찍해서 구역질이 나는 이 괴물들은 트로이아인들을 공격하고 제사에 바칠 음식을 모조리 가로채 갔다.

"이게 어찌 된 일이냐! 안 되겠다! 우리의 음식을 지켜라!"

트로이아인들은 칼과 창을 마구 휘둘렀다. 하르피아이들은 발톱과 깃털을 맞부딪히며 맹렬하게 달려들었지만 결국 물러나고 말았다. 마지막으로 남은 한 마리는 켈라이노라는 우두머리 하르피아이였는데, 높은 바위 위에 앉아 까마귀와 독수리가 꽥꽥거리는 듯한 소리로 말을 걸어왔다.

"어디서 나타난 도둑놈들이냐? 내 섬에서 당장 사라져라! 너희들은 왜 이 섬에 온 것이냐?"

"우리는 아폴론 신의 계시에 따라 고향을 찾아가고 있다. 우리들의 음식을 훔쳐가는 네 놈들이야말로 무엇하는 짓이냐?"

하르피아이는 그럴 줄 알았다는 듯이 이어서 말했다.

"아폴론 신께서 너희들에게 라티누스로 가라고 한 모양인데 내 말 잘 들어라! 그곳에 가게 되면 미처 자리 잡기도 전에 너무 배가 고파서 음식을 담은 그릇까지 씹어 먹게 될 것이다!"

이 이야기를 전하고 하르피아이는 어디론가 훌쩍 날아가 버렸다. 일종의 신탁의 계시였다. 한 마디로 죽기 직전까지 배고픔을 겪어야 약속의 땅에 도착한다는 의미였다. 예언은 제쳐두고라도 너무나 끔찍한 괴물들이 사는 곳이라 한시바삐 이곳을 떠나야겠다는 생각밖에 없었다.

"아이네이아스! 빨리 떠납시다! 이곳에서는 도저히 살 수가 없어요!"

"음식만 만들면 저것들이 달려와 또 뺏어 갈 게 아니겠소?"

좀 전까지만 해도 새로운 땅에 도착했다고 좋아하던 사람들이 주린 배를 부여잡고 아이네이아스에게 몰려왔다. 안키세스는 두려움에 떨며 하르피아이의 예언과 협박이 맞지 않기를 기도했다.

"아, 신이시여! 저희들을 굽어살피소서!"

아이네이아스는 제우스 신께 기도를 올리고 나서 이곳을 빨리 떠나야겠다고 생각했다.

"어서 이 땅을 벗어나자!"

아이네이아스의 명에 따라 그들은 준비했던 음식을 제대로 먹지도 못한 채 배를 타고 항해를 계속했다. 그리스 반도를 따라 다시 새로운 바다로 가는 길이었다.

여기서 잠깐!!

영어 발음은 '하피'이고 원래 이름의 뜻은 '약탈하는 여자'야. 날개 달린 정령인데 타우마스와 엘렉트라 사이에서 태어났어. 이름이 다른 여럿으로 구성되어 움직이는데 돌풍, 어둠, 비상 등이야. 아이들의 영혼을 약탈해 가기도 하고 음식도 빼앗아 가. 아마 과거 맹금류의 잔혹함을 보고 상상해 만든 존재인 것 같아.

4

거인들을 만나다

아이네이아스가 이끄는 선단은 자킨토스섬과 네리토스섬, 그리고 트로이아의 끔찍한 적이며 교활한 오디세우스의 고향인 이타카섬을 차례로 지나갔다. 그들은 오디세우스가 아직 이타카로 돌아오지 못한 상태임을 미처 알지 못했다. 사방에 적들이 살고 있는 섬인지라 아이네이아스 일행은 섣불리 아무 곳이나 들러서 도움을 청할 수도 없었다.

여름에 출발했던 그들은 어느덧 겨울바람을 맞으며 에피로스의 해안가에 도착했다. 부트로툼이라는 도시 아래에 있는 카오니아 항구가 그들을 맞아주었다. 그곳에는 다행스럽게도 트로이아인들이 살고 있었다. 프리아모스 왕의 아들인 헬레노스가 트로이아를 떠나 그곳에 정착하여 도시를 이루고 있었기 때문이었다.

"이곳은 예언가 헬레노스의 땅이오!"

트로이아인들은 그 소식을 듣자 용기를 내며 기뻐했다.

"이제 살았다!"

"우리 동족의 땅이다!"

아이네이아스 일행은 안심하고 육지에 발을 내렸다. 그러고는 기뻐하며 사람들이 살고 있는 궁으로 향했다. 궁으로 들어간 아이네이아스는 자신의 도착을 알리면서 유민들을 함께 배에 태우고 왔다고 전했다. 그들은 모두 반갑게 맞아주었는데 그중에서도 가장 기쁘게 대해주는 여인이 있었다.

"아이네이아스! 이곳에서 그대를 만나는군요!"

귀에 익은 여인의 목소리를 듣고 예를 갖추느라 허리를 굽히고 있던 아이네이아스가 고개를 들자, 놀랍게도 죽은 헥토르의 아내인 안드로마케가 그곳에 서 있는 것이 아닌가.

"안드로마케! 어쩐 일이십니까? 왜 이곳에 계시는지요?"

안드로마케는 헥토르의 영혼을 기리며 그의 제사상에 술을 따르고 있었다. 아이네이아스를 보자 안드로마케는 하염없이 눈물을 흘렸다. 꿈인지 생시인지 알 수 없었기 때문이다.

"오! 위대한 장군 아이네이아스여!"

인간의 운명은 참으로 기구했다. 자리를 잡고 앉자마자 안드로마케는 그동안의 사연을 털어놓았다.

"저는 트로이아가 멸망한 뒤 포로로 잡혀가서 피로스의 여종이 되었답니다. 피로스는 저를 그리스로 끌고 가서 아내로 삼았어요. 그리고 어쩔 수 없이 그의 아들까지 낳게 되었답니다."

"그런데 어떻게 이곳에 와 있습니까?"

"피로스는 한동안 함께 지내다가 귀찮아졌는지 저를 노예인 헬레노스에게 주었답니다. 여자의 운명이 어찌 이렇게 기구한지요."

안드로마케가 눈물을 흘리자 아이네이아스는 가슴이 아팠다.

"그리고 피로스는 스파르타 여자를 새 아내로 맞았어요. 하지만 그 여자에게 애인이 있는 걸 몰랐지요. 그 애인이 피로스를 죽이자 그의 왕국 일부가 헬레노스의 손에 들어오게 되었습니다. 헬레노스는 기회를 엿보다가 쳐들어와서 이곳을 차지한 겁니다. 물론 저를 구하려는 목적도 있었고요."

"그런 사연이 있었군요."

"그래서 이곳은 작은 트로이아라고 불려요. 저는 이제 다시 프리아모스 왕의 며느리가 된 셈입니다."

"아 이럴 수가! 참으로 기구한 인생이네요."

곧이어 헬레노스가 소식을 듣고 사냥을 나갔다가 서둘러 돌아왔다.

"형제들이 이렇게 우리 땅에 오다니! 환영하오!"

그는 아이네이아스 일행을 맞이하며 기뻐하였다. 모두 잔치를 벌이고 반갑게 서로의 손을 잡으며 안부를 물었다. 흥겨운 음악이 흐르고 맛있는 음식을 배불리 먹으며 그들은 앞으로의 계획을 이야기했다.

"이제 어디로 갈 생각인가?"

아이네이아스는 하르피아이 우두머리 괴물에게서 들었던 예언의 뜻을 알 수 없어 그에게 다시 물었다.

"헬레노스! 그대는 신의 뜻을 잘 해석하는 사람이 아니오? 그대는 별자리도 볼 줄 알고 앞날을 예언하는 사람이니 우리 안키세스 집안의 미래와 위험을 예언해주길 바라오."

오랜 항해로 마음이 지쳐 있었던 아이네이아스는 지푸라기라도 잡아야 하는 심정이었다. 헬레노스는 고개를 끄덕였다.

"신들에게 제물을 바치고 신탁을 받아봅시다!"

황소를 잡아 바친 뒤 신탁을 청한 사제처럼 그는 엄숙하게 말했다. 그의 몸에는 이미 신령이 들어와 있었다.

"아, 신이시여!"

한참 머리를 미친 듯이 흔들더니 그는 근엄하게 신의 목소리로 말했다.

"아이네이아스! 앞으로의 여행은 매우 힘들고 위험할 것이다! 라티누스 땅은 이곳에서도 아주 먼 곳이다. 그곳에 가려면 카립디스의 소용돌이와 무시무시한 바다 괴물인 스킬라를 피해서 지나가야 한다. 게다가 키르케라는 마녀가 사는 섬은 근처에도 가지 말아야 하고, 지하 세계의 호수도 비껴가야만 한다. 헤라 여신께 기도하라. 여신이 돌봐주지 않는다면 그대들은 죽음 목숨이기 때문이다."

"아, 유념하겠습니다."

"배가 라티누스에 도착하거든 쿠마에와 아베르누스의 호수를 반드시 찾아가라! 그곳은 신성한 호수다. 그곳 동굴에 시빌레라는 여사제가 살고 있는데 그녀는 늘 신과 통해 있는 상태로 잎사귀에 글로 써서 예언한다. 그 예언을 잘 확인해봐야만 너희들이 원하는 땅에 갈 수 있다. 하지만 한 가지 주의해야 할 것이 있다."

"무엇을 주의해야 합니까?"

"동굴 문이 열리면 바람에 나뭇잎이 모두 날아가버릴 것이다. 시빌레는 절대 순서대로 잎을 정리해주지 않아 대부분의 사람들이 빈손으로 돌아오게 된다. 그러니 그대는 예언을 글로 적어달라고 하지 말고 말로 전해달라고 예의 바르게 부탁하는 게 좋을 것이다."

트로이아 사람들은 그 예언을 귀담아듣고 가슴에 새겼다.

"또 한 가지가 남았다. 아주아주 힘든 순간이 되면 그대들은 새끼 서른 마리에게 젖을 물리고 있는 거대한 암퇘지를 만나게 될 것이다. 하얀 암퇘지가 있는 그곳이 바로 새로운 도시를 세울 곳이라는 사실을 잊지 마라."

이윽고 신탁에서 벗어난 헬레노스는 정신을 차린 뒤 다시 말했다.

"그대들이 곧 떠난다니 선물과 먹을 것을 배에 잔뜩 실어주도록 하겠소."

헬레노스는 동족들을 위하여 금 사슬로 짠 가슴받이 갑옷과 투구 등을 나누어주었다. 안드로마케는 이올로스에게 새 옷을 만들어주었으며 망토까지 걸쳐주었다. 그녀는 이올로스를 볼 때마다 눈물을 흘렸다. 트로이아가 멸망할 때 적군의 노예가 되지 않도록 성벽 아래로 밀어버렸던 자신의 아들 아스티아낙스가 생각났기 때문이었다. 그녀는 죽은 아들을 생각하며 혼잣말로 중얼거렸다.

"그때 어떠한 굴욕을 참고서라도 살려서 데려왔어야 했는데."

그녀는 모든 것이 끝났다고 생각하여 아들을 죽인 것을 크게 후회하고 있었다.

에피로스에서 며칠 푹 쉰 아이네이아스 일행은 다시 바다로 나갈 준비를 했다. 마침내 순풍이 부는 날에 그들은 트로이아 동포들과 작별 인사를 나눈 뒤 섬을 떠났다. 며칠간은 순풍 덕분에 순탄하게 항해했다. 경험 많은 팔리누로스는 라티누스반도의 끄트머리가 보이는 곳으로 배를 이끌었다.

"저곳이 바로 우리가 정착할 땅이다! 만세! 만세!"

하지만 가까이 다가가보니 그곳은 험한 산들로 이루어진 지형이었다. 배를 정박시키려면 한참 돌아가야만 했다. 안키세스는 두려워하며 신에게 기도를 올렸다. 그는 나이 많은 노인의 직감으로 좋은 일이 일어나면 항상 안 좋은 일이 함께 생긴다는 것을 알고 있었기 때문이다.

"신이시여! 우리를 끝까지 보호해주소서!"

기도를 올리고 제물을 바치자 바로 신들에게 답이 왔다. 순풍이 불어 아테나 여신의 신전 방향으로 배들이 흘러갔기 때문이다. 그 신전 아래에 작은 항구가 있었는데 그곳 언덕에는 네 마리의 빛나는 백마들이 풀을 뜯고 있었다.

"저 백마가 있는 곳이 우리들의 약속받은 땅일까?"

"아닙니다. 하얀 암퇘지라고 하지 않았소? 저것은 말입니다"

"이곳은 우리의 땅이 아닌가 보오."

그곳을 지나 트로이아 사람들은 항해를 계속했다.

이윽고 그들은 시켈리아섬 위로 솟은 산도 보았고, 마침내 카립디스와 스킬라가 있는 무시무시한 섬을 통과하게 되었다. 오디세우스도 죽을 힘을 다해 간신히 지나갔던 그곳이었다. 카립디스의 바위는 하루 세 번 파도를 빨아들였다가 하늘로 쏘아 올리는, 무시무시한 물살이 빠르게 흐르는 곳이었다. 아이네이아스 일행은 이곳을 지나는 수많은 배들이 난파되어 사람들이 죽었다는 사실을 익히 알고 있었다. 좁은 물길 건너편에는 반은 여자이고 반은 바다 괴물인 스킬라가 그들을 기다리고 있었다. 머리가 여러 개인 이 괴물은 지나가는 배만 있으면 모두 삼켜버렸다. 이 둘 사이를 뚫고 지나가지 않으면 그들의 목적지인 라티누스로 갈 수 없었다.

"자! 모두 단단히 각오해라! 저 두 곳을 통과하지 못하면 우리는 죽은 목숨이다!"

팔리누로스는 키를 단단히 잡고 위험한 파도를 피하면서 바위에 부딪히지 않도록 배를 조심스럽게 이끌었다. 세찬 파도를 뚫고 그들은 가까스로 그곳을 빠져나갈 수 있었다. 마침내 아이네이아스 일행은 어느 섬에 도착했다. 그 평화로운 섬의 항구는 잠시 쉬어 갈 만한 곳이라는 느낌이 들었다.

하지만 그들은 이곳이 외눈박이 거인인 키클롭스 무리가 사는 섬임을 알지 못했다. 옆에 있는 화산에서는 땅이 울리며 가끔씩 용암과 불덩어리가 치솟곤 했다. 트로이아 사람들은 그 사실을 모른 채 숲에서 하룻밤을 보냈다. 긴 항해로 몸과 마음이 피곤했기 때문이다. 무시무시한 소리가 울릴 때마다 그들은 겁이 났지만 이 소리가 화산에서 나는 소리로만 생각하고 있었다. 밤새 잠을 이루지 못한 그들은 다음 날 아침이 되어서야 비로소 가슴을 쓸어내렸다. 그때 음식을 준비하던 여인들이 숲속에서 비명을 질렀다.

"괴물이에요! 괴물!"

여인들이 소리치며 도망치는 곳으로 아이네이아스가 칼을 들고 달려가 보니 그곳에는 누더기 차림에 수염과 머리카락이 덥수룩한 사내가 눈빛을 반짝이며 서 있었다.

"그대는 누구인가?"

"나는 그리스 사람이오!"

"그리스 사람이라고? 어서 네 이름을 밝혀라!"

"나는 오디세우스의 부하인 아카이메니데스*라고 하오!"

"아카이메니데스?"

"그렇습니다!"

"오디세우스의 부하가 왜 이곳에 있느냐?"

"오디세우스 왕과 일행이 이곳을 다녀갔는데 저 하나만 남겨지고 말았습니다!"

"살아 남았다니 대단하오."

"당신들은 이곳에 머물 수 없습니다! 빨리

오디세우스의 일행 중 하나였던 아카이메니데스는 지독한 불운으로 외눈박이 거인인 폴리페모스의 동굴에 혼자 남겨졌어. 모두 무사히 양의 아랫배에 몸을 숨겨 빠져나왔지만 아카이메니데스는 미처 동굴에서 탈출하지 못했지. 키클롭스는 시간만 나면 그를 잡아먹겠다고 숲 사이를 샅샅이 더듬고 다녔대. 오디세우스에게 당한 복수를 하고야 말겠다는 일념이었던 거야.

도망가세요!"

아카이메니데스로부터 이야기를 들은 아이네이아스 일행은 모두 두려움에 치를 떨었다. 그러나 두 눈으로 직접 보지 않는 한 그의 말을 믿을 수는 없었다. 그런 괴물이 있다는 소문을 이전에 한 번도 들어본 적이 없었기 때문이다.

"어서 배를 띄워서 도망가세요! 그리고 부탁이 있습니다!"

"그 부탁이 무엇이오?"

"나도 함께 데려가주시오! 무슨 일이든 하겠소!"

아카이메니데스는 간청했다.

"그렇게 그 괴물이 무섭단 말이오?"

"이 섬에는 폴리페모스 같은 괴물이 수도 없이 살고 있습니다! 저걸 보시오!"

정말 산으로 가축을 몰고 갔던 키클롭스가 그들 쪽으로 내려오는 모습이 보였다. 지축을 울리는 듯 웅장한 소리는 모두 그들의 발소리였던 것이다. 아이네이아스 일행은 비명을 질렀다.

"으아악!"

"사람 살려!"

그들은 비명을 지르며 배로 달려갔다. 눈먼 괴물은 소나무 하나를 뽑아 지팡이로 사용하고 있었다. 그의 눈에는 아직도 오디세우스와 부하들이 나무로 찔러서 생긴 상처가 아물지 않아 진물이 흐르는 상태였다. 피와 진물을 닦으며 키클롭스는 악에 받쳐 있었다.

"인간들이 또 이 섬에 왔구나. 오디세우스 또 네놈이냐? 이번엔 너를 그냥 두지 않겠다."

앞이 보이지 않게 되자 키클롭스는 더 그악스러워졌다. 인간이라는 인간은 모두 다 잡아먹어버리겠다는 표정이었다. 공포에 질린 아이네이아스의 트로이아 난민들은 모두 배를 향해 달려갔다.

"엄마야!"

"살려줘!"

"무서워! 앙앙!"

조용히 도망쳐야 했지만 어린아이들이 울고 아녀자들이 비명을 지르는 것은 어쩔 수 없었다. 뒤처진 형제와 아이들을 부르는 것이었다.

"어서 빨리 와서 배를 타라!"

돛을 올리고 배가 움직이기 시작했다. 그러자 키클롭스는 가슴을 치며 소리쳤다.

"인간들이 돌아왔다! 그자가 날 죽이러 왔다! 형제들이여! 복수해다오!"

앞이 보이지 않는 키클롭스는 흐르는 핏물을 닦으며 허공에 대고 외쳤다.

"어디냐!"

"기다려라!"

사방에서 거인들이 동굴에서 나와 모습을 드러내기 시작했다. 그들이 해안가로 달려오니 말 그대로 대지가 흔들리는 것 같았다. 그리스 사람인 아카이메니데스는 침착하게 말했다.

"흩어지면 안 되오! 오디세우스가 도망간 방향을 나는 알고 있소! 그

쪽으로 가야만 합니다!"

아카이메니데스의 안내에 따라 마침내 난민들은 다시 배에 올랐다. 가까스로 배를 타고 떠날 때 오디세우스 때와 똑같은 일이 벌어졌다. 키클롭스들이 집어 던진 바윗돌이 바다에 떨어져서 엄청난 파도를 일으켰던 것이다.

여기저기 집채만 한 파도가 치솟았지만 아이네이아스 일행은 스킬라와 카립디스를 다시 빠져나와 드레파눔 항구로 나아갔다.

5

그림 속의 아이네이아스

하지만 드레파눔 항구에서도 또 다른 불행이 그들을 기다리고 있었다. 그것은 바로 힘든 여행에 나섰던 연로한 안키세스가 숨을 거둔 것이었다.

"아들아, 이제 나는 신들 곁으로 갈 때가 된 것 같다."

안키세스는 아이네이아스와 숨 가쁘게 마지막 인사를 나누었다. 그리고 이내 숨이 끊어지자 안키세스의 얼굴색은 푸르게 변했고 몸이 굳어갔다. 지켜보던 사람들은 모두 슬픔에 빠졌다. 일행들은 안키세스의 장례식을 치르고 그의 죽음을 애도했다.

"아버님! 우리가 새로운 땅에 도착하는 것을 보셨어야 하는데 어찌하여 이렇게 일찍 세상을 떠나셨습니까?"

장례식에 참가한 모두가 슬퍼했지만 아이네이아스의 슬픔에 비할 수는 없었다. 아이네이아스와 일행은 라티누스로 가서 무사히 안착하는 것이 안키세스의 뜻을 이루는 것임을 누구보다 잘 알고 있었다.

아버지 안키세스를 하늘로 떠나보낸 후 아이네이아스는 왕으로 추대되었다. 어느 지역에 가더라도 정착하는 그곳에 왕국을 세워야 하기 때문이다.

트로이아인들은 시켈리아섬을 뒤로 한 채 또다시 바다로 나아갔다. 돛을 올리자 바람이 불어왔고 순식간에 육지와의 거리가 멀어졌다. 이들이 약속의 땅으로 가는 것은 그들의 운명이었지만 사실 그렇게 되려면 신들의 가호가 따라야만 했다. 신들의 가호 중에는 신들의 원한도 있는 법이었다. 헤라는 아직도 파리스가 자신을 가장 아름다운 여신으로 선택하지 않은 것에 대한 원한이 남아 있었다. 그가 아프로디테를 가장 아름답다고 한 보답으로 헬레네를 파리스에게 주었던 사건은 헤라에게 견딜 수 없는 모욕이었던 것이다. 자연스럽게 헤라는 트로이아에 대한 증오를 품고 있었다. 트로이아가 멸망하자 모든 원한이 풀렸다고 생각했지만 그 유민들이 이렇게 새로운 땅을 향해 떠나고 있는 것조차도 헤라로서는 못마땅한 일이었다. 트로이아인들은 또다시 끈질기게 새 땅을 차지하여 문명을 이루고 번성할 것이 분명했기 때문이다.

"저들을 그대로 놔둘 수는 없다. 트로이아 인간들을 없애려고 그동안 내가 그렇게 모욕을 참고 노력했는데 얻은 것이 결국 그 인간들이 새로운 땅을 찾아가는 것이란 말인가? 나는 신들의 여왕이고 제우스는 나의 동생이자 남편인데!"

분노가 치밀어 오른 헤라는 당장 바람의 신인 아이올로스를 불렀다. 과거에 오디세우스를 도와주었던 바로 그 신이었다. 늘 그렇듯 자기 섬의 은신처에서 조용히 쉬고 있던 아이올로스는 황급히 헤라에게 불려갔다.

"저자들이 저렇게 순풍을 받으며 원하는 곳으로 가도록 그대가 허락했나?"

"아닙니다. 그럴 리가 있습니까? 자연스럽게 흘러가는 바람은 제가 간섭하지 않습니다."

"그렇다면 당장 저자들을 바닷속에 처넣어라!"

"알겠습니다!"

"아이올로스! 나는 이 인간들을 쑥대밭으로 만들고 싶다! 내가 상을 내려주겠다. 미모라면 누구에게도 지지 않을 바다의 요정 열네 명이 있으니 가장 아름다운 요정을 아내로 삼도록 해주겠어."

아이올로스는 재빨리 자신의 섬으로 와서 동굴 속에 가두어두었던 모든 바람들을 꺼내기 시작했다. 헤라의 약속이 그의 귓속에 쟁쟁했다. 아이올로스가 자신의 지팡이로 산의 허리를 때리자 동굴에 진동이 울리며 하늘이 검게 변하더니 천둥 번개가 사방에서 내려치기 시작했다. 바람은 그동안 동굴에 갇혀 있었던 답답함을 풀기라도 하듯 휘파람 같은 소리를 내며 무섭게 빠져나와 바다를 휩쓸었다. 엄청난 파도가 몰아치기 시작했다. 그 어떤 것도 허용하지 않겠다는 기세였다.

"갑자기 바람이 거칠어집니다!"

아이네이아스의 노꾼들이 보고했다.

"아! 큰일이다! 어떻게든 살아남아야 한다! 또다시 우리가 신들의 원한을 산 모양이다!"

절망적인 아이네이아스의 목소리는 한탄에 그칠 뿐이었다. 남풍이 미친 듯이 불어와 세 척의 배가 암초에 내던져졌고 또 다른 세 척은 모래사장까지 밀려 올라갔다. 일리오네우스의 배와 아카테스의 배도 가라앉아버렸다. 배에서 뛰어내린 백성들과 노꾼들은 힘껏 헤엄을 쳐서 빠져 나왔다.

"살려줘! 살려줘!"

절규의 소리는 마침내 바다 밑에 있던 포세이돈을 깨웠다.

"이게 무슨 소리냐?"

포세이돈이 바다 위로 올라와 상황을 지켜보았다. 바람의 신 아이올로스가 일부러 바람을 풀어놨고 그것을 누이인 헤라가 시켰다는 것을 바로 알아차릴 수 있었다. 마음껏 바다를 헤집고 다니는 아이올로스에게 포세이돈이 삼지창을 흔들며 외쳤다.

"네 이놈. 이 바다의 주인은 나다! 어디서 감히 분탕질을 하는 게냐! 빨리 사라지지 않으면 가만두지 않겠다!"

신들에게도 서열이 있었다. 포세이돈은 아이올로스보다 한참 상위의 신이었다. 포세이돈은 구름을 걷어버리고 파도를 잠재웠다. 햇빛이 다시 드리워지면서 언제 그랬냐는 듯 바다는 평화로워졌다. 그는 부하격인 바다의 신 트리톤과 요정 키모토에를 불렀다.

"내가 총애하는 아이네이아스의 배가 저 모양이 되었다. 어서 도와

주어라."

"알겠습니다!"

그들은 모래에 쳐박힌 배를 끌어내고 암초에 걸린 배를 다시 바다에 띄워주었다.

"신들이 도와주고 있습니다."

"다행입니다."

간신히 수습된 아이네이아스의 배들은 생존을 기뻐하며 가장 가까운 해안인 리비아로 향했다.

"몇 척의 배가 남아 있는가?"

"일곱 척이 남아 있습니다."

"일단 가까운 곳으로 가서 바람 잔잔한 포구에 배를 대고 쉬도록 하자!"

그들은 육지로 감싸인 잔잔한 바다로 들어가 배를 정박했다. 육지에 닿은 그들은 지친 몸을 모래사장에 던졌다. 모두 널브러져 있었지만 아이네이아스까지 그럴 수는 없었다. 그는 부싯돌로 불씨를 일으켜 모닥불을 피우도록 명령을 내렸다.

"무엇이든 먹을 것을 장만해라!"

그들은 배에서 바닷물에 젖은 곡물들을 꺼내 민물로 씻은 뒤 끓이거나 구워 먹을 것을 장만했다. 아이네이아스는 섬을 한번 둘러보기로 하고 부하 몇 명과 함께 숲으로 빽빽한 섬의 꼭대기로 올라가보았다. 먼 바다에 혹시 지금이라도 떠 있는 배들이 있으면 찾아내려는 심사였다. 하지만 바다에는 그 어느 것도 눈에 띄지 않았고 오히려 계곡에서 풀을

아이네이아스

트로이아의 영웅으로, 트로이아가
함락된 후 로마의 시초가 되는 여
정을 시작했어. 그는 가족과 동료
들을 이끌고 새로운 땅을 찾아 나
섰는데, 신들의 뜻을 따르는 것이
무척 중요하다고 여겼어. 그는 용
기와 책임감으로 무장한 리더였단
다. 그의 리더십은 우리가 어려운
상황에서도 포기하지 않고 새로운
도전을 해야 할 의무가 있음을 알
려줘.

뜯어 먹고 있는 수사슴들이 눈에 보였다.

'저 사슴들을 잡아서 일행들에게 고기를 먹여야겠다.'

아이네이아스는 소리 없이 나무 사이로 접근해 화살을 쏠 수 있는 사정거리에 도착했다. 그리고 마침내 커다란 수사슴 한 마리를 쏘아 붙잡았다. 수사슴이 쓰러지자 놀라 도망가는 다른 사슴들에게도 연달아 화살을 날려 여러 마리의 사슴을 더 사냥하여 함께 간 부하들과 나눠 메고 바닷가로 내려왔다. 사슴을 발견한 선원들은 모두 만세를 불렀다. 그들은 내장을 갈라 신선한 간부터 먹었고, 다리를 잘라 구워서 고기를 마음껏 배불리 먹었다.

배가 부르자 아이네이아스는 동료들에게 용기를 주는 말을 건넸다.

"여러분! 이깟 고난에 무릎을 꿇어서는 안 됩니다! 우리는 그동안 이보다 더 심한 고난도 참고 이겨냈습니다! 키클롭스도 물리쳤고 하르피아이도 이겨냈습니다! 운명의 여신들이 방해하며 막고 있지만 우리는 반드시 약속의 땅에 설 수 있습니다! 우리의 앞길을 방해하는 고난을 이겨내고 포기하지 않는다면 우리는 반드시 약속의 땅으로 갈 것입니다!"

"와! 만세! 만세!"

아이네이아스야말로 진정한 지도자였다. 자신의 고통이나 영광보다는 그를 따르는 무리들의 행복만을 생각하고 있었기 때문이다. 그 순간만은 모든 시름을 잊었다. 모두 배부르게 식사하고 휴식을 취했다. 이대로 다시 순풍이 불면 바다로 나가서 그토록 원하는 라티누스에 도착할 수 있을 것 같았기 때문이다. 그러나 인간들의 위에 있는 운명의 신들은 분주했다. 올림포스산에 찾아온 아프로디테는 제우스에게 앙탈을 부리고 있었다.

"아버지! 어찌하여 저들을 괴롭히십니까? 아버지가 약속하지 않으셨습니까? 트로이아인들이 위대한 로마인의 조상이 될 수 있다고요! 하지만 꿈을 이루기도 전에 헤라 여신이 저렇게 방해하고 있습니다! 이는 아버지의 권위를 해치는 행동이 아닙니까?"

아프로디테의 논리적인 말에 제우스는 곤란한 듯 헛기침만 하고 있었다.

"저들이 불행에 빠져 있는 것이 보이지 않으십니까? 트로이아인들은 번번이 아버님께 제물을 바치며 기도를 올리고 있습니다. 이들을 버리실 생각이십니까?"

"어험!"

아름다운 아프로디테가 눈물을 흘리며 애원하자 제우스는 마음이 약해져 딸을 끌어안았다. 그리고 대답했다.

"걱정하지 마라. 헤라가 아름다움에 있어 질투가 일어나 그렇게 된 것일뿐이다. 아이네이아스는 잘 싸워내고 승리할 것이다!"

"저들의 앞날을 어떻게 보장하신다는 겁니까?"

"30년 동안 이올로스가 그들의 왕이 될 것이다! 그리고 희고 긴 도시를 만들 것이야! 이올로스의 후손들이 잘 이어서 로물로스*까지 300년 동안 그 도시를 지배할 것이고, 로마인이라는 이름도 로물로스에게서 나오게 될 것이다. 그들은 시간과 공간의 한계를 모르니 헤라도 나중에는 분노를 잊고 그들을 사랑하게 될 게다. 그리 알아라!"

제우스의 예언은 곧 그대로 되도록 하겠다는 뜻이었다.

"하지만 당장 곤란을 겪으니 내가 그들을 도와주도록 헤르메스를 전령으로 보내주마."

헤르메스가 부름을 받고 나타나자 제우스가 명령을 내렸다.

"너는 이들이 도착한 섬인 카르타고의 여왕 디도에게 가서 잘 도와주도록 계시를 내려주고 오너라!"

"알겠습니다!"

헤르메스는 자신의 임무를 위해 재빨리 지상으로 내려갔다.

이 사실을 알지 못하는 아이네이아스는 배부르게 저녁을 먹고 다음 날 동료인 아카테스와 함께 부근을 좀 더 정찰했다. 자신들이 어디쯤 와 있는지, 도와줄 사람이 있는지 등을 알아봐야 하기 때문이다. 일행이 숲속을 헤매며 길을 찾고 있을 때 여자아이 한 명을 만났다. 활을 들고 있는 여자아이였는데 머리카락이 바람에 흩날렸고 무릎이 훤히 드러나는 옷을 입고 있었다. 그런데 아주 태연하게 아이네이아스와 아카테스★를 불렀다.

여기서 잠깐!!

훗날 로마를 건설한 라티누스의 시조이자 영웅이야. 이런 말을 먼저 할 수 있는 이유는 훗날 라티누스의 건국에 신화를 끌어오면서 베르길리우스가 라티누스의 영광을 집어넣은 거야. 예를 들면 단군신화를 만들면서 단군에게 훗날 너의 후손들은 K컬처를 만들어 세계를 문화적으로 이끄는 나라를 만들 것이라고 예언해주는 식이야.

●●●

아이네이아스의 친구이자 라티누스까지 함께 가는 동료야. 일설에 의하면 그는 트로이아에 처음으로 쳐들어와 발을 디딘 프로테실라오스를 죽여서 보복했다고 해. 영웅이 탄생하려면 이렇게 끝까지 그를 도우면서 생사를 같이 하는 사람이 있어야만 해.

"그대들은 이쪽으로 오세요!"

인간 세계에서는 있을 수 없는 일이었다. 어린아이가 감히 어른을 오라 가라 하는 건 말이 안 되기 때문이다. 그렇기에 두 사람은 바로 그 여자아이가 여신이나 요정일 거라고 짐작만 했다. 그 아이는 바로 아프로디테였다. 제우스에게 믿음직한 약속을 받고 아들에게 언질을 주려고 내려온 것이었다. 아들은 어머니를 알아보지 못했다.

"그대는 누구시오?"

여자아이가 말했다.

"나는 카르타고의 처녀예요!"

"이 땅은 어느 곳입니까?"

"여기는 티로스 여인인 디도 여왕이 다스리는 땅입니다!"

"디도 여왕은 어떤 사람이죠?"

"슬픈 과거가 있는 여왕입니다! 오라비인 피그말리온이 제물을 탐해서 여왕의 남편, 다시 말해서 매제인 시카이오스를 죽였어요. 여왕이 모르고 있다가 어느 날 죽은 남편이 꿈에 나타나 이 사실을 말해주었어요. 단검에 가슴이 찔린 망령의 모습으로 자신을 누가 죽였고, 제물은 어디로 가져갔는지를 다 알려주었지요!"

"그래서 디도 여왕은 어찌했습니까?"

"디도 여왕은 오라비를 죽일 수 없어서 조용히 그 제물들을 찾아내 사람들과 함께 이 땅으로 도망쳤어요! 이게 바로 페니키아 사람들이 그녀를 따라 이 땅으로 오게 된 사연입니다!"

"그러면 아직도 도시를 건설하고 있나요?"

"그렇습니다. 카르타고의 성벽과 요새를 만들고 있지요! 그런데 당신들은 누구세요? 어디로 가는 길이지요?"

아이네이아스는 자신들의 이곳까지 오게 된 상황과 어디를 향해 가고 있는지를 자세하게 이야기해주었다.

"저희 일행은 스무 척의 배를 타고 출발했는데 이제 일곱 척밖에 남지 않았습니다!"

아이네이아스가 말하자 아프로디테가 되물었다.

"저기 열두 마리의 백조가 보이지요? 하늘을 날아가고 있잖아요!"

하늘을 올려다보니 정말 열두 마리의 백조가 하늘을 날고 있었다.

"이건 신의 계시랍니다! 잘 보세요."

그 순간 독수리 한 마리가 나타나 열두 마리의 백조를 공격하자 백조들은 뿔뿔이 흩어졌다.

"저걸 보세요! 흩어졌지만 다시 모이고 있지요?"

백조들은 이윽고 독수리가 사라지자 바닷가로 내려가 줄을 서서 바닷물에 몸을 담갔다.

"저건 신의 계시입니다! 당신의 배들은 이제 안전할 거예요! 이 길로 쭉 가면 여왕의 궁전이 나올겁니다."

아프로디테는 돌아서서 사라져버렸다. 광채가 그 자리에 남아 있어 아이네이아스는 비로소 그녀가 아프로디테임을 알게 되었다.

'아! 어머니께서 나를 도와주러 오셨구나. 왜 항상 제 모습으로 안 오시는 걸까? 고난을 겪는 이 아들 손을 잡아주시면 얼마나 좋을까?'

그러나 아프로디테는 대놓고 아들인 아이네이아스를 사랑할 수는 없었다. 여신 헤라가 계속 지켜보면서 질투한다는 것을 알고 있었기 때문에 조심스러울 수밖에 없었다. 아프로디테는 이곳에서 아들을 만나고 난 뒤 다시 하늘로 올라가면서 아이네이아스와 아카테스에게 안개의 망토를 입혔다.★ 맑은 하늘에 갑자기 안개가 끼기 시작하더니 주위를 구분할 수 없을 지경이었다. 낯선 사람들이 들어왔다고 페니키아 사람들이 해코지를 할까 봐 미리 내린 조치였다. 안개의 보호를 받으며 언덕 위에서 아래를 내려다본 두 사람은 깜짝 놀랐다. 페니키아인들은 한창 집을 짓고 성을 쌓고 있었던 것이다. 마치 꿀벌처럼 바쁘게 일하고 있었다. 나무나 돌 같은 건축자재를 나르기도 하고 항구와 극장을 건설하기도 했다. 번성한 도시가 될 것이 분명했다.

아이네이아스는 아프로디테가 준 안개의 망토를 뒤집어쓴 채 도시의 중앙으로 내려갔다. 사람들이 보면 조각구름이 바람을 타고 내려오는 것으로만 보였다. 가장 거대한 건물은 헤라 신전이었다. 한창 짓고 있는 중이었다. 이미 건물의 골격은 완성되었고 하얀 칠을 한 벽에는 벽화를 그리는 중이었다.

"아, 저 벽화를 봐라!"

벽화 내용은 다름 아닌 트로이아 전쟁의 장면들이었다. 에게해 부근 섬나라들에게는 트로이아 전쟁이 가장 중요한 사건이었고 기억해야 할 역사였기 때문이었다. 벽마다 트로이아의 영웅들과 그들이 벌이는 주요 전쟁 장면이 그려져 있었다. 죽은 프리아모스 왕과 아들인 아가멤논, 그리고 메넬라오스도 보였다. 아킬레우스로부터 도망치는 트로일로스★도 보였고, 아킬레우스가 헥토르의 몸값으로 금을 받으며 그의 시체를 내주는 그림도 보였다. 그리고 전쟁의 소용돌이에서 용감하게 마지막까지 그리스 장수들과 싸우고 있는 자의 모습은 낯이 익었다.

"저게 누구지? 어디서 많이 본 장수인데?"

"저건 바로 대왕이십니다."

그건 아이네이아스였다.

"아아, 저건 바로 나로구나."

그것을 본 아이네이아스는 가슴이 찢어지는 것 같았다. 죽은 자들의 모습이 그대로 벽화로 남아 있었기 때문이다. 울컥하는 가운데 아이네이아스는 정신을 수습해 디도 여왕의 신전으로 다가갔다. 때마침 많은 사람들이 모여 있는 가운데 디도 여왕이 행차하는 것이 보였다. 여왕은 아름답고 우아하여 눈을 뗄 수 없는 미모를 지니고 있었다. 수많은 시종들과 함께 출타했다가 궁전 안으로 들어오는 참이었다.

"여왕님 만세! 만세!"

그녀의 모습은 마치 아르테미스 여신과도 같았다. 높은 자리에 앉자 그는 공사 상황을 물어보았다.

"신전 공사는 계획대로 잘 진행되고 있는

여기서 잠깐!!

스토리텔링에서 적들의 눈에 안 보이거나 가려지는 이야기는 너무 흔해. 《그리스 로마 신화》에서도 이렇게 안개에 가려지는 이야기가 나오기도 하지만 페르세우스가 메두사를 물리칠 때에는 투명해져서 안 보이는 이야기도 등장해. 이런 상상력으로 요즘은 실제 투명인간이 되는 장치를 개발하고 있어.

• • •

프리아모스와 헤카베의 막내아들이야. 아킬레우스에게 죽음을 당하는데 일설에 의하면 말들에게 물을 먹이라 샘에 갔다가 아킬레우스에게 죽었다고도 해. 또 다른 설은 아킬레우스가 그의 미모에 반해 쫓아갔는데 아폴론 신전에 몸을 피해. 화가 나서 신전에서 찔러 죽였대.

가요?"

공사 책임자들이 와서 자신이 맡은 일을 얼마나 잘 수행했는지를 앞을 다퉈 보고하였다.

"대들보를 성공적으로 잘 올렸습니다."

"외부 벽을 아름답게 칠했습니다."

"별관 기초공사를 마무리했습니다. 이제 기둥을 올리면 됩니다."

여기저기서 보고하자 디도는 그들을 일일이 격려했다.

"좀 더 아름답게 그리고 빠른 시일 내에 짓도록 하세요! 하루라도 빨리 지어야 우리가 신의 가호를 그만치 일찍 받을 수 있기 때문입니다!"

수많은 사람들이 모여 만세를 부르며 기뻐하는데 그중에 아이네이아스에게 낯익은 얼굴들이 보였다. 파도에 쓸려간 줄로만 알았던 일행인 안테오스와 세르게스투스, 클로안토스 등이 그들이었다.

"아니 저 친구들이 어떻게 여기에 와 있지?"

하지만 트로이아 사람들은 그들만이 아니었다. 여기저기에서 인부로 일하고 있거나 이미 그곳에 적응한 듯 작업복을 입고 능숙하게 생활하는 모습이 보였던 것이다. 당장 달려가 끌어안고 그동안의 안부를 묻고 싶었지만 애써 충동을 억눌렀다. 여전히 그의 주변에는 사람들이 볼 수 없는 안개가 감싸고 있었기 때문이다.

그때 시끄럽던 사람들의 목소리가 그치고 디도의 대신으로 보이는 남자가 말했다.

"여왕님! 풍랑을 만나 우리나라에 떠내려 온 사람들이 인사를 올리려 하옵니다!"

그러자 모든 사람들의 눈은 대신의 손이 가리키는 쪽을 향했다. 중간에 헤어졌던 일리오네우스가 트로이아 사람들을 대표하듯이 앞으로 나가 여왕에게 예를 갖췄다.

"존경하는 여왕님! 저희들은 트로이아 사람들입니다! 우리들의 지도자인 아이네이아스의 뒤를 따라 라티누스로 가고 있는 길이었습니다. 도중에 신들의 노여움으로 폭풍을 만나 이곳까지 떠밀려 왔습니다! 여러 곳을 들러 여기까지 도착하였으니 부디 자비를 베푸십시오!"

디도는 그 말을 듣고 관심을 보였다.

"그대들의 왕은 누구였나요? 왕도 이곳에 왔습니까?"

"저희들의 지도자는 아이네이아스였습니다! 불운하게도 그와 헤어져 소식을 알지 못합니다. 하지만 그가 살아 있다면 저희들을 보살펴 준 은혜를 반드시 갚을 것입니다. 그러니 저희들에게 쉴 곳을 주시고, 배를 고쳐서 다시 아이네이아스를 찾아 떠날 수 있게 해주세요!"

"아이네이아스란 이름은 많이 들었습니다! 뿐만 아니라 트로이아의 위대한 백성들과 그들의 저항 정신, 그리고 그리스군과 끝까지 싸운 이야기를 모르는 사람이 어디 있겠어요? 여러분들은 얼마든지 쉬다가 떠나셔도 됩니다. 나라를 세운 지 얼마 되지 않아 사람들이 낯선 자들을 경계할 뿐입니다. 부디 이해하시길 바라고요. 원하실 때 언제든지 떠나도 좋습니다. 하지만 이곳에 남아 우리와 함께 이 도시를 건설하는 것도 환영합니다. 트로이아인들과 티로스인들이 하나가 되는 것도 나쁘지 않습니다!"

"하지만 저희는 아이네이아스의 사람들입니다. 그를 찾아보지 않고 이곳에 눌러앉는 것은 의리를 저버리는 행위입니다."

"그분이 살아 있었으면 참 좋겠군요."

"이 부근 바다 어딘가에서 방황하고 있을지 모릅니다."

"그렇다면 배들을 보내서 육지와 바다를 뒤져보도록 하겠어요."

그때였다. 아프로디테가 감싸주었던 안개가 순식간에 걷히더니 아이네이아스가 활기찬 모습으로 앞으로 불쑥 나섰다.

"잠깐만요!"

사람들은 갑자기 튀어나온 아이네이아스를 일제히 바라보았다. 웅성거리는 소리가 신전을 울려 퍼졌다.

"제가 바로 트로이아의 사람인 아이네이아스입니다."

사람들은 깜짝 놀랐다. 그가 갑자기 나타난 것이 거짓말 같았기 때문이다. 제일 놀란 것은 그의 잃어버린 부하들이었다.

"아니, 이게 꿈이야, 생시야?"

그러나 아이네이아스는 디도 여왕에게 먼저 다가갔다.

"여왕께서 저희들에게 자비를 베풀어주시니 감사하기 그지없습니다. 쉴 곳도 만들어주고 우리 부하들이 이 땅에서 함께 살 수 있게 해주신다니 그 자비로움에 경의를 표합니다."

예를 갖추는 동안 옆에 있던 디도는 어안이 벙벙해졌다. 여왕은 이게 무슨 일인가 싶었다. 하지만 아이네이아스는 자초지종을 말했다.

"그들과 함께 저도 파도에 휩싸여 이곳에 도착했습니다. 다른 부하들은 지금 저 산 너머의 포구에 정박해 있습니다. 이곳에서 헤어진 우리 부하들을 만나다니 너무나 반갑습니다!"

비로소 그는 동료들을 끌어안았다. 여기저기 군중들 사이에서 트로이아인들이 나오더니 아이네이아스를 끌어안았다. 그 초라한 몰골과 고통에 빠진 얼굴을 보자 디도 여왕은 눈물을 흘리며 진심으로 그들을 공감했다.

"고통이라면 나도 좀 압니다. 그대가 얼마나 힘든지 이해해요. 이곳에서 푹 쉬십시오. 그대들이 이곳에 온 것은 다 신의 뜻이라고 생각합니다. 신들께 감사의 표시로 제물을 올리도록 하겠어요."

제사를 마치고 디도 여왕은 아이네이아스를 왕궁으로 초대하였다. 왕궁에서는 이미 연락을 받고 잔치를 준비하고 있었고 해안에서 기다리고 있는 트로이아 사람들에게도 포도주와 살찐 양과 소를 선물하였다. 아이네이아스는 아카테스에게 말했다.

"너는 어서 가서 빨리 내 아들 이올로스를 데리고 오도록 해라! 여왕께 인사를 드려야겠다. 그리고 트로이아의 선물로 예물을 함께 가지고 오너라!"

아카테스는 재빨리 명령을 실행했다. 그가 가지고 온 선물이라는 것은 헬레네의 금으로 수놓은 겉옷과 노란 아칸토스 꽃으로 가장자리를 레이스로 장식한 눈부신 드레스였다.

모습을 감추고 이걸 지켜보고 있던 아프로디테는 불안했다. 헤라가 또 어떠한 변덕을 부려 훼방을 놓을지 몰랐기 때문이다. 그 순간 아프로디테는 아들을 보호하기 위한 멋진 꾀를 생각해냈다.

'그래! 디도와 아이네이아스를 사랑에 빠지게 하는 거야.'

여신은 당장 사랑의 신인 에로스를 불렀다.

"에로스! 내 말을 잘 들어라! 지금 당장 카르타고로 가서 이올로스 왕자 또래의 어린아이로 변신해라! 그리고 디도 여왕이 너를 귀엽다고 무릎에 앉히면 심장에다 사랑의 화살을 쏘아버려! 나는 그 동안 이올로스를 페테라 여신의 신전으로 데려가서 잠재워놓을 테니까!"

에로스는 아프로디테의 명을 받자마자 재빨리 지상으로 내려갔다. 이미 디도 여왕의 왕궁 안에는 지도자들이 모두 모여 있었다. 다들 포근한 천으로 만든 방석에 앉거나 누워서 편안한 자세를 취하고 있었으며, 시녀와 하인들이 음식을 끊임없이 내왔다. 디도 여왕은 트로이아 사람들이 가져온 눈부신 선물을 보며 기뻐했다. 마침내 아카테스가 어린 이올로스를 데려왔다. 아이네이아스가 아들에게 말했다.

"여왕님께 인사드려라!"

귀여운 이올로스는 맞은편에 있는 여왕에게 다가갔다.

"인사 올립니다."

어리지만 이올로스는 귀족의 예를 교육받았다.

"어머나 이렇게 귀여운 아드님이 있다니! 어서 이리 올라와보렴!"

디도 여왕은 이올로스를 무릎에 앉히더니 꼬옥 끌어안고 내려놓지 않았다. 자신이 안고 있는 귀엽고 포동포동한 아이가 사실은 이올로스가 아니라 에로스라는 사실은 꿈에도 알지 못했다. 품에 안긴 사이에 에로스는 사랑의 화살을 디도 여왕에게 쏘았다. 온몸에 행복이 가득한 디도 여왕은 잔을 들고 외쳤다.

"모두 포도주를 따르세요! 제우스 신에게 복을 빌겠어요!"

제사상에 있는 술잔을 모두 들어 올려 흥겹게 마셨다. 이때 음유시인인 이오파스는 수금을 뜯으며 노래를 부르기 시작했다. 영웅과 여왕을 기리는 노래였다. 아름다운 노래가 끝나자 박수 소리가 천장을 무너뜨릴 듯이 울려 퍼졌다. 한바탕의 흥겨움이 지나가자 여왕이 아이네이아스에게 질문했다.

"아이네이아스! 저는 당신의 이야기가 듣고 싶어요! 그리스인들이 도대체 어떻게 그 트로이아 성을 무너뜨렸나요? 그 7년 간의 방황이라는 것은 무엇이었나요? 모든 걸 이야기해줄 수 있나요?"

"물론입니다! 시간은 많이 있지요!"

아이네이아스는 밤이 새도록 트로이아의 목마와 헥토르의 죽음, 그리고 영웅들이 어떤 활동을 했는지 이야기해주었다. 그 이야기에 모든 사람들은 귀를 기울였다. 아버지 안키세스를 등에 업고 탈출한 이야기, 폭풍우와 고난, 배고픔, 스킬라와 카립티스, 외눈박이 키클롭스 등 상상도 하지 못할 이야기들을 차례로 해주었다.

"아, 대단한 이야기야."

"세상에나! 이런 이야기를 듣게 되다니!"

잔치에 참석한 손님들은 연신 탄성을 지르며 추임새를 넣었다. 모두 밤새도록 트로이아의 지도자인 아이네이아스의 이야기에 귀를 기울였다. 그 가운데서도 가장 깊이 공감하며 듣는 사람은 다름 아닌 디도 여왕이었다. 그녀는 이미 사랑에 눈이 멀었기 때문이다. 아이네이아스의 말 한마디 한마디가 그녀의 귀에는 꿀과 같이 달콤했다.

6

슬픈 운명의 여왕

    그날 이후 디도 여왕은 아이네이아스에게 흠뻑 빠져들었다. 아이네이아스의 목소리와 얼굴이 자나 깨나 눈앞에 어른거렸다. 사랑의 힘은 이렇게나 무서운 것이다. 그녀의 신경은 온통 아이네이아스가 잘 지내는지, 무엇을 하는지에 집중되어 있었다. 밤새 잠을 제대로 이루지 못한 디도 여왕은 영혼의 단짝이나 마찬가지인 동생 안나를 불렀다.

    "안나야, 내 가슴이 너무 뛰는구나."

    "언니 왜 그래요?"

    "아이네이아스 때문이야. 그는 뛰어난 용사이며 너무나 잘생긴 사람이야. 그리고 신의 아들이잖니? 어쩌면 좋니? 안나야, 나는 시카이오스★가 세상을 떠난 이후 처음으로 다른 남자가 눈에 들어오는구나. 이제 마음에 드는 남자를 영영 만나지 못할 줄 알았는데."

"언니 마음을 나도 이해해요. 아이네이아스는 내가 봐도 너무나 멋진 용사니까요."

"하지만 시카이오스가 불쌍하구나. 그와의 의리를 지켜 내가 이곳으로 온 것인데 다른 남자를 마음에 두다니. 차라리 이 땅이 꺼져서 하데스가 있는 저승의 깊은 바닥으로 나를 끌어내렸으면 좋겠구나."

디도는 눈물을 흘리며 사랑에 빠진 자신의 감정을 토로했다. 안나는 그런 언니가 너무나 불쌍해서 꼭 끌어안고 말했다.

"언니. 왜 인생을 낭비하려고 하세요? 여자가 사랑도 없고 아이도 없으면 살 수 없잖아요. 너무 재미없고 헛된 인생이에요. 돌아가신 형부도 언니가 이렇게 사는 건 원치 않을 거에요."

그동안 디도에게 청혼한 사람이 없었던 것은 아니었다. 하지만 디도는 그들 모두를 무시하고 받아들이지 않았다.

"언니는 우리 티로스 주변 나라인 여러 부

여기서 잠깐!!

디도 여왕의 죽은 남편이야. 원래 이름은 시카르바였는데 아이네이아스의 이야기 전승에서 시카이오스로 바뀌어. 원래 그는 포에니키아의 왕자였는데 디도의 남동생(혹은 오빠) 피그말리온에 의해 죽게 되지. 일설에는 사냥을 하다가 죽었다고도 하고, 제사 중에 죽었다고도 해. 그러자 자신이 죽은 걸 아내인 디도가 모르자 꿈에 나타나 도망치라고 했다는 거야. 그러면서 자신이 금을 묻어둔 곳을 알려줬다고도 해.

족장들이나 아프리카 왕들의 청혼을 모두 거절했어요. 하지만 생각해 보세요. 우리는 항상 전쟁의 위협에 놓여 있잖아요. 국경을 맞대고 있는 다른 나라들도 언제든지 적이 될 수 있고, 피그말리온 오빠도 우리의 적이나 마찬가지예요. 이럴 때 트로이아 사람과 결혼한다면 트로이아가 우리 편이 되는 거잖아요. 멀리 보면 카르타고의 미래도 보장된다고 생각해요."

디도는 고개를 끄덕였다. 어차피 모든 결혼은 정략적이기 때문이다.

"신들에게 축복을 비세요. 저 트로이아 손님들이 왔다는 것은 하늘의 뜻일 수도 있으니까요."

"그래. 네 말을 들으니 용기가 나는구나. 당장 모든 신께 제사를 올려야겠다."

디도는 아이네이아스와 사랑을 하게 되면 손해될 것이 전혀 없다는 생각이 들었다. 그녀는 사랑의 열정으로 제사상을 차리고 소를 잡아 풀사이에 포도주를 뿌렸다. 그러고는 절절한 마음으로 외쳤다.

"디오니소스 신이시여! 아폴론 신이시여! 그리고 결혼의 여신인 헤라 여신이여! 저를 도와주세요."

디도는 신의 계시를 듣고 싶어 했지만 이미 마음속에 사랑의 화살이 꽂혀 있어서 어떠한 계시도 소용이 없었다. 가슴 속에 이미 사랑의 불길이 훨훨 타오르고 있었기 때문이다. 디도의 모습은 마치 창에 맞은 사슴과도 같았다. 열이 펄펄 나고 오로지 열정으로 가슴이 설레어 무슨 일을 해도 손에 잡히지 않았던 것이다.

그러는 와중에도 성벽은 점점 더 높게 세워졌다. 디도는 매일 아이네이아스와 함께 여기저기 다니면서 성벽을 보여주며 그의 조언을 구했다. 아이네이아스는 막강하던 트로이아 성의 구조를 잘 알고 있었기에 적절한 조언을 아끼지 않았다. 이런 시찰이 끝나면 디도는 매일 밤 잔치를 베풀었다.

"아이네이아스! 당신의 이야기가 더 듣고 싶어요. 트로이아 이야기를 해주세요."

그렇게 밤새 아이네이아스와 그의 부하들의 이야기를 재밌게 듣고 밤늦은 시간에 침실로 돌아가면 그의 목소리와 얼굴이 눈앞에 어른거렸다. 결국 그녀는 도시 건설이라는 임무까지도 잊어버릴 정도가 되었다. 공사가 지지부진해졌지만 아무도 책임 있게 감독하지 않았다. 이걸 내려다보고 있던 올림포스의 헤라는 디도의 고통을 지켜보더니 아프로디테에게 가서 비아냥거렸다.

"저 아래에서 벌어지는 꼴을 보니 가관이로군."

"무슨 말씀이세요?"

아프로디테가 잘 모르겠다는 듯이 눈을 크게 떴다.

"모르긴 뭘 몰라? 그대의 아들이 멋지게 나타나서 디도를 유혹했잖나?"

"흥. 그게 무슨 상관이세요?"

헤라와 아프로디테는 여전히 서로 앙숙이었다.

"좋아. 더 이상 우리가 경쟁할 필요는 없을 것 같아. 화해하는 의미로 둘을 맺어주자고. 네가 에로스를 보내는 바람에 디도가 사랑의 포로가 되었잖아. 그러니 디도를 트로이아인 자네 아들에게 주고 이 나라 라티누스를 아프로디테 그대와 내가 나눠서 가지는 게 어떻겠어?”

아프로디테는 헤라의 속마음을 알아챘다. 헤라는 트로이아인들이 라티누스로 가는 것을 원하지 않았다. 이렇게 아프리카에 정착해서 살게만들고 싶었던 것이다. 그들이 로마인의 선조가 된다는 제우스의 예언을 어떻게든 이루어지지 않게 하려는 헤라의 속셈을 잘 알 수 있었다.

아프로디테는 침착하게 말했다.

“이런 큰 문제는 제우스 신과 직접 상의해야 해요. 저는 헤라 여신님의 계획에 찬성할 수 없어요.”

그러나 헤라는 고집스럽게 말했다.

“그건 내가 알아서 할 거야. 이제 내 말을 잘 듣도록 해. 내일 새벽에아이네이아스와 디도가 숲으로 사냥하러 갈 때 내가 아주 안 좋은 날씨를 선물로 보내주겠어. 그러면 부하들이 모두 흩어졌을 때 동굴에 들어가 두 사람이 맺어지게 될 거야. 물론 그대가 반대하지 않는다면 말이지. 거기서 첫날밤을 보내게 될 거야.”

헤라가 일방적으로 결정한 것 같았지만 아프로디테는 속으로 빙그레 웃었다. 역시 속셈이 따로 있었기 때문이다. 아들의 외로움이 그렇게풀린다면 나쁘지 않을 거라 생각했다.

다음 날 아침, 날이 훤하게 밝자 약속했던 대로 일행들은 사냥을 하기 위해 성문을 나섰다. 디도의 말은 아주 아름답게 꾸며져 있었다. 디도는 황금빛 브로치에 자줏빛 외투를 걸쳐 입고 있었다. 그녀의 활과화살은 모두 황금으로 이루어져 있었다. 옆에 다가온 아이네이아스는아폴론 신과 같은 놀라운 기품을 풍겼다. 그는 여기에 어린 아들 이올

✦ 디도

카르타고의 여왕으로, 영웅인 아이네이아스를 사랑하게 되었어. 하지만 아이네이아스가 자신의 운명을 따라 새로운 나라를 세우기 위해 떠나야 한다고 결정했을 때, 큰 슬픔에 빠져 결국 비극적인 선택을 하고 말아. 디도의 이야기는 사랑의 감정이 얼마나 강력할 수 있는지 보여줘. 그리고 무엇보다 중요한 건 자신을 지키는 거라는 사실을 가르쳐줘. 가장 비극적인 사랑의 표본이라고 할 수 있지.

로스도 함께 데리고 왔다.

"아빠, 아빠! 어서 숫사슴을 쫓아요!"

이올로스는 타고 있던 조랑말의 옆구리를 걷어찼다. 이올로스는 멧돼지나 사자를 잡고 싶은 마음에 말에 마구 채찍질을 가했다.

그때 날씨가 흐려지면서 갑자기 천둥과 번개가 치기 시작했다. 그리고 비가 억수로 쏟아져 내렸다. 트로이아인과 티로스인 모두 비를 피할 곳을 찾아 사방으로 흩어졌다. 디도와 아이네이아스는 동굴 하나를 발견했다.

"이리 오세요. 여왕님."

두 사람이 동굴로 들어갔을 때에는 더 이상 사람이 다가올 수 없을 정도로 비가 마구 쏟아져 내렸다. 동굴 안에서 내리는 비를 바라보며 디도가 젖은 아이네이아스의 곱슬머리를 쓸어 넘겼다. 그 얼굴은 누구보다도 아름답고 매력적이었다. 물론 디도 여왕의 옷도 비에 젖어 속살이 그대로 드러나고 있어 아이네이아스의 눈을 더욱 황홀하게 만들었다. 두 사람은 자신도 모르게 끌어안았고 하나가 되고 말았다. 둘 다 서로 사랑하고 있었던 것이다.

둘이 하나가 되었다는 소문은 금세 퍼져나갔다. 소문의 여신인 루머르*가 나타났기 때문이다. 루머르의 외모는 아주 추악했다. 깃털 아래로 날카로운 눈을 숨긴 사악한 괴물인 루머르의 귀는 쫑긋 서 있었고 재잘재잘 나불대는 혀가 수도 없이 많았다. 루머르는 높은 종탑 위에 살면서 낮에는 여기저기 살펴보고 있다가 밤만 되면 날아다니며 수많은 헛소문과 거짓말을 사방에 퍼뜨렸다. 루머르는 리비아의 도시들을 돌아다니면서 마구 소문을 냈다.

"디도가 글쎄 정절을 깼다오."

"디도가 부끄러운 줄도 모르고 트로이아 장군에게 홀딱 반했대. 두 사람은 도시는 건설하지 않고 겨울 내내 끌어안고서 지낸대."

악성 소문이 삽시간에 주변으로 퍼졌다. 그 소문은 결코 좋은 결과를 가져오지 못했다. 인근 나라에는 디도에게 청혼했던 수많은 청혼자들이 있었기 때문이다. 이아르바스★ 왕은 소문을 듣자 화를 벌컥 냈다.

"내가 무엇이 부족해서 아이네이아스 따위에게 디도를 뺏긴단 말이냐?"

그는 제우스 신과 아프리카 요정 사이에서 태어난 아들이었다. 일찌감치 디도가 이곳에 도착하자마자 청혼한 적이 있었다. 물론 거절당했지만 이아르바스 왕은 제우스에게 제물을 바치고 디도와 맺어지기를 계속 기원하고 있었다.

"제우스 신이시여! 디도를 저에게 주십시오."

기도가 이루어지지 않자 이아르바스는 제우스 신의 이름을 간절히 외쳤다.

여기서 잠깐!!

그의 이름이 오늘날 루머가 되었어. 다른 이름으로 파마라고도 해. 수없이 많은 눈과 입을 가지고 있으며 빠르게 날아다니고 높은 궁궐에 살면서 모든 소리를 모아들여 울려 퍼지게 한대. 이 여신은 주변에 맹신, 오류, 기쁨, 공포, 반란, 거짓소문 등을 데리고 살기 때문에 세상 전체를 감시하고 있어. 원래 족보 있는 신이라기보다는 후대에 이야기를 만들다가 창조해낸 신인 것 같아.

● ● ●

아프리카의 흑인 왕이야. 암몬과 카라만테스 지역의 요정 사이에서 태어났다고 해. 그가 디도에게 영토를 양보해줬기 때문에 카르타고를 세울 수 있었지. 사실 영토를 내준다는 건 그 나름의 흑심이 있었던 거야. 아름다운 여왕을 결국 자기 사람으로 만들려다 갑자기 아이네이아스가 나타났으니 당황했을 수도 있어. 인생은 이렇게 뜻하는 대로 절대 흘러가지 않아. 늘 경계하고 늘 신경을 곤두세워야만 해.

"제우스 신이시여, 길 잃은 여인이 제 품에 들어왔길래 나라를 세울 수 있게 해주었습니다. 그런데 이제 와서 어딘가에서 굴러먹던 아이네이아스라는 트로이아 놈이 나타나 여인을 차지했고 그 땅까지도 자신의 것으로 만들었습니다. 이렇게 이 아들이 당하고 있는 것을 가만히 보고 계실 겁니까?"

제우스는 아들의 외침에 그제야 고개를 숙여 올림포스에서 아래를 내려다보았다. 아이네이아스가 사랑에 빠져 디도와 함께 행복한 시간을 보내는 장면이 보였다. 그대로 놔둘 수 없다고 생각했다.

"헤르메스를 당장 오도록 하라."

전령의 신 헤르메스가 득달같이 달려오자 그는 명령을 내렸다.

"이 꼴을 보려고 아프로디테가 아이네이아스를 구해준 것이 아니다. 아이네이아스의 운명은 트로이아인의 자손들이 세계를 지배하도록 하는 데 있지 않았는가? 그런데 이곳에서 꿈을 저버리고 있으니 이는 예정된 운명을 거스르는 것이 아니겠는가? 아이네이아스에게 속히 배를 타고 바다로 떠나라고 내 말을 전하라."

"알겠습니다."

헤르메스는 날개 달린 가죽신을 신고 지상으로 내려왔다. 바람처럼 달려온 그는 아프리카 해안에 도착했다.

아이네이아스는 그곳에서 행복한 나날을 보내고 있었다. 디도는 금으로 장식하고 티로스의 물감으로 물들인 자주색 옷을 아이네이아스에게 만들어주었다. 여기저기 다니며 성벽을 굳건히 세우고 있었던 그는 이곳에서 디도와 함께 사는 것도 나쁘지 않다고 생각했던 것이다. 그때 헤르메스가 아이네이아스 앞에 불쑥 나타났다.

"아이네이아스. 그대는 부끄러운 줄 알아야 할 것 아닌가?"

"신이시여!"

아이네이아스가 깜짝 놀라 말에서 내리며 그를 맞이했다.

"어찌하여 이곳에서 머뭇거리고 있는가? 여자 하나 때문에 이곳에서 도시를 세운다고? 자네에게 주어진 계시를 잊었는가? 로마를 세워야 할 것이 아닌가!"

"하지만 이곳에 저를 돌봐주고 사랑해주는 여인이 있어서 그리하옵니다."

"너는 이곳에서 평화롭게 살 수 있을지 모르지만 네 아들 이올로스는 어쩌란 말이냐! 이올로스가 물려받을 나라는 이곳이 아니다."

"아아, 알겠습니다."

헤르메스는 현실을 일깨워주고 홀연히 사라졌다. 아이네이아스는 너무나 놀라 충격에 잠시 움직이지도 못했다. 자신은 이곳을 떠나야 할 운명이었다. 신들의 명령이었고 그렇게 해야 하는 것이 옳다는 것을 깨달았다.

하지만 그는 이 말을 디도에게 어떻게 전해야 할지 고민했다.

'아, 디도에게 어찌 내가 떠난다고 한단 말인가. 나를 이토록 사랑하는 여인에게.'

며칠 밤을 새우며 아이네이아스는 고통에 몸부림쳤다. 하지만 인간이 신의 계시를 거부한다는 것은 있을 수 없는 일이었다. 선뜻 용기가 나지 않았지만 마침내 아이네이아스는 자신의 동료와 부하들을 비밀리에 소집했다.

"우리가 이곳에 계속 눌러앉는다는 것은 말이 안 된다. 남들 모르게 떠날 준비를 해두어라. 결정적인 순간에 내가 떠나겠다고 말하면 다 같이 바다로 나가자. 운명을 따라서 나의 의무를 다해야 한다."

그렇게 하여 아이네이아스 일행의 배들은 항구 한쪽으로 조용히 집결하기 시작했다. 하지만 이 사실은 바로 디도에게 알려졌다.

"트로이아의 배들이 어디론가 떠날 준비를 하고 있습니다."

여기저기에서 신하들의 보고가 들어왔다. 디도는 갑자기 불안해졌다. 아이네이아스가 자기를 놔두고 떠날 리 없다고 믿었기 때문이다. 그래서 아이네이아스가 성벽 쌓는 것을 감독하는 장소로 달려가보았다.

"사랑하는 당신, 혹시 나에게 말하지도 않고 훌쩍 떠날 생각이었나요? 우리 약속은 없어지는 건가요?"

아이네이아스는 당황하여 금방이라도 폭발하려는 디도를 끌어안고 말했다.

"흥분을 가라앉히고 잠시 내 말을 들어봐요."

"우리 결혼은 어떻게 되는 건가요? 나는 당신과 당신 부하들을 최선을 다해서 대접하고 돌봐드렸어요. 당신이 떠나서 제가 탐욕스러운 이아르바스나 교활한 피그말리온 오빠에게 짓밟혀도 괜찮다는 겁니까? 나에겐 믿고 의지할 아들도 없잖아요. 흑흑흑흑!"

디도가 애절하게 울자 아이네이아스는 찢어지는 가슴을 안고 위로하려고 애썼다.

"흥분을 가라앉히시오. 디도. 나도 마음이 아파요. 하지만 이것이 내 운명인 걸 어떡하겠소? 나는 그대를 속일 마음이 전혀 없어요. 하지만 나는 신들을 따를 수밖에 없다오. 나도 너무나 고통스럽소. 하지만 당신을 사랑하는 마음에는 변함이 없어요. 언제나 내 마음속에는 그대만 있을 뿐이에요. 라티누스 땅으로 가는 것은 나의 운명일 뿐이오. 내 마음은 항상 당신과 함께 있다는 것을 잊지 말아주시오."

아이네이아스가 피를 토하는 심정으로 말했지만 디도는 고개를 돌렸다. 그에 대한 사랑은 이제 증오로 변해가고 있었다. 참고 이야기를 듣던 디도가 광기를 부리며 말했다.

"당신 같은 배신자는 처음 봅니다. 내가 이처럼 간곡히 외치는데도 냉랭하군요. 당신의 어머니가 여신인 게 맞습니까?"

"……."

아이네이아스는 할 말이 없었다. 너무나 고통스러워 그의 눈에서도 뜨거운 눈물이 뚝뚝 떨어졌다.

"내가 미친 여자였군요. 당신이 거지꼴로 내 앞에 나타났을 때 돌보지 말았어야 해요. 당신은 나에게 눈길 한 번 주지 않는군요. 절망뿐이에요. 그러고서는 하늘에서 신이 계시를 내렸다고 하는 겁니까? 가세요. 가버려요. 당신의 왕국인지 뭔지를 찾아가세요. 나는 당신을 다시는 보지 않겠어요."

"디도, 제발 흥분을 가라앉히세요."

"나는 그대를 따라갈 거예요. 나는 죽어서도 그대를 따라갈 거니까. 이것이 내가 그대에게 주는 마지막 형벌이에요."

7

떠나는 아이네이아스

아이네이아스 역시 고통으로 가슴이 찢어지는 것 같았다. 마음 같아서는 디도와 함께 이곳에서 영원히 살고 싶었다. 하지만 그것은 신의 뜻을 거역하는 일이었다. 결심을 바꿀 수는 없었고 자신의 명령에 따라 떠날 준비를 하고 있는 부하들에게도 그것은 옳은 일이 아니었다.

트로이아인들은 아이네이아스의 명령에 따라 배에 기름칠을 하고 노를 정비하면서 바다로 떠날 준비를 하고 있었다. 높은 망루에서 이 광경을 내려다보고 있는 디도는 복잡한 마음으로 어찌할 줄 몰랐다. 한번 더 아이네이아스에게 매달리고 싶었다. 그를 다시 한번 제대로 설득해 보고 싶었던 것이다. 전에는 너무 흥분해서 할 말을 제대로 못했다는 생각도 들었다. 디도는 동생 안나를 다시 불렀다.

"안나야, 제발 가서 아이네이아스를 설득해다오. 왜 그렇게 떠나야 하는 건지. 그리고 순풍이 불 때까지 기다리면 안 되는 건지 물어봐다오. 지금 내게 필요한 것은 마음을 가라앉힐 수 있는 시간이란다. 나에게 말미를 좀 달라고 얘기해다오. 부탁을 들어주면 은혜를 잊지 않겠다고 전해다오."

시간 여유를 주면 아이네이아스의 마음이 다시 풀어지리라 생각한 거였다.

안나는 한달음에 달려가 아이네이아스에게 말했다.

"언니를 불쌍히 여기시고 좀 더 있다가 떠나시면 안 되나요? 언니의 마음을 풀어주고 가시는 게 어떻겠어요?"

"불쌍한 안나. 미안하오!"

아이네이아스는 디도의 동생까지 와서 눈물을 흘리자 같이 울었다. 그렇지만 그는 여기서 마음이 약해지면 안 된다고 생각했다. 새로운 땅을 찾아서 자신을 따라 목숨을 걸고 함께 온 사람들을 생각하고 있었던 것이다. 디도가 아무리 슬퍼해도 마음을 바꿀 수는 없었다.

"미안하오, 안나. 떠날 거라면 빨리 떠나는 것이 더 나을 것이오."

안나가 디도에게 돌아와 아이네이아스의 마음이 확고하다는 것을 전했다.

"언니, 아이네이아스를 남게 하는 건 어려워요."

"아이네이아스가 결국 나를 버린단 말이냐."

그때부터 디도는 반실성 상태가 되었다. 머리 한쪽에서는 낯익은 목소리가 들리는 듯했다.

"여보! 어서 오시오. 이제 나와 만날 시간이오."

"아, 시카이오스 당신인가요?"

죽은 남편의 목소리가 환청으로 들려왔다. 그때부터 디도는 잠잘 때면 화를 내거나 울거나 마구 흐느끼고, 때로는 티로스의 친구들을 찾아 헤매는 꿈을 자주 꿨다. 결국 디도는 마음을 정했다. 자신이 이 슬픔에서 벗어나는 길은 오로지 죽음뿐이라고……. 디도는 죽을 결심을 하고 방법을 생각해내기 시작했다.

"안나야, 아이네이아스가 떠난다고 하니 어쩔 수가 없구나."

"언니 어떡해요."

안나는 슬픔에 빠진 언니를 위해서라면 무엇이든 할 작정이었다.

"여사제에게 물어봤어. 그 사람을 잊을 수 있는 방법이 있느냐고."

"무슨 방법인가요? 언니 말해주시면 제가 그대로 해드릴게요."

"아이네이아스를 연상시키는 물건들을 장작 위에다 쌓아 놓고 모두 다 태워버리면 된다는구나."

"알겠어요. 언니. 제가 바로 시행할게요."

안나는 시녀들을 시켜서 궁전 안뜰에 소나무와 가시나무 장작들을 쌓아 올렸다. 디도는 안뜰을 꽃으로 장식했다. 그리고 장작더미가 나무인 것처럼 초록잎이 달린 가지로 곱게 덮은 뒤 제단을 쌓고 제물을 그 위에 올렸다.

"신이시여, 아픔과 사랑으로부터 우리 언니가 벗어날 수 있게 도와주세요."

이윽고 고통의 밤이 다가왔다. 성안의 모든 사람들이 잠들었고 하늘에는 별만 반짝이며 바다는 잔잔했다. 디도는 그날 밤도 뒤척이며 슬픔에서 헤어나지 못하고 있었다.

"아, 어떻게 할꼬. 나의 사랑하는 아이네이아스를 붙잡을 방법은 정말 없는 걸까?"

별생각이 다 떠올랐다. 자신도 함께 배를 타고 아이네이아스와 떠날까도 생각했다. 하지만 그렇게 할 수는 없었다. 트로이아 사람들이 자신을 환영할지도 알 수 없었고, 그를 따라간다고 한들 자신의 다른 배로 갈 것인지, 티로스 백성들이 함께 떠날 것인지도 해결할 수 없는 문제였다. 이 모든 문제의 해결 방법은 단 하나였다. 아이네이아스를 죽이거나 자신이 죽는 것이었다.

이때 아이네이아스는 떠날 준비를 모두 마치고 배 뒤쪽에 누워서 깊은 잠에 빠져 있었다. 그때 헤르메스가 꿈속에 나타났다.

"아이네이아스! 지금 한가롭게 자고 있을 때가 아니다."

"말씀하십시오. 제가 어찌해야 합니까? 이 어리석은 자에게 지혜를 주소서."

"디도의 심정이 너무나 불안하고 흔들리고 있어서 어떤 일을 저지를지 모른다. 빨리 떠나라. 서둘러서 이곳을 떠나."

아이네이아스는 잠에서 벌떡 깼다. 저 멀리 궁궐에서는 디도 방의 창문에 불이 켜져서 일렁이는 것이 보였다.

'아, 이 시간까지 디도는 잠을 이루지 못하고 있구나.'

모든 것이 한눈에 보이는 듯했다. 디도가 방 안에서 웃었다 울었다를 반복하며 실성 상태가 되어 있으리라는 것을 말이다. 하지만 여인의 한이 어떤 결과를 불러올지는 아무도 알 수 없었다.

"모두 일어나라! 서둘러 노를 잡고 떠나자!"

아이네이아스는 부하들을 깨웠다. 그들은 빠르게 일어나서 능숙한 솜씨로 닻을 거두고 돛을 올렸다. 아이네이아스도 바닷가 말뚝에 묶여 있던 밧줄을 칼로 끊어냈다. 그 순간 배가 둥실거리며 밀려 나가기 시작했다. 순식간에 어둠이 사라지듯 배는 먼바다를 향해 흘러 나갔다.

밤새 번민하던 디도는 뜬눈으로 밤을 지새웠다. 새벽이 되어 해가 떠오르자 디도는 창밖을 내다보고 싶었다. 떠오르는 태양을 보며 위로받고 싶기도 했고, 아이네이아스의 배가 잘 있는지도 궁금했기 때문이다. 그러나 창밖을 내다본 순간 디도는 아이네이아스의 배가 저만치 떠나는 광경을 보고야 말았다.

"아아, 정녕 떠나는군요. 정말 무정하시네요. 당신을 가만두지 않겠어요. 나를 농락하고 이렇게 떠나다니. 얘들아, 당장 저자들을 모두 잡아들여라!"

명령을 내리자 호위병들이 무기와 갑옷을 떨쳐입고 일어섰다. 당장이라도 말을 타고 배를 띄워 쫓아갈 기세였다. 하지만 순간 디도는 생각을 바꿨다.

"아니다! 명령을 취소한다. 아이네이아스라는 자를 믿은 내가 잘못이다. 은혜를 모르는 저자를 당장 쫓아가 죽일 수도 있고 저 배들을 모두 불태워서 바다에 가라앉힐 수도 있다. 하지만 그만두어라. 신이시여, 불쌍한 저를 돌보소서!"

디도는 하늘을 우러러 자기의 사랑이 이루어지지 않았다는 사실에 저주를 퍼부으며 슬퍼했다.

"신이시여, 저자에게 고통을 안겨주시옵소서! 싸움에서도 지고 고향에서도 쫓겨나고 아들과 헤어지고, 자기의 동족들이 다 죽는 것을 두 눈으로 지켜보게 해주소서! 정해진 운명보다 빨리 죽게 해주소서. 해안에 묻히지도 못하고 버려지도록 해주소서! 저의 부하들과 저자들이 영원히 원수 사이가 되어 싸우게 해주시고 페니키아인들이 끊임없이 트로이아인들의 자손들에게 복수하게 해주소서!"★

모든 저주의 기도를 마친 뒤 디도는 안나에게 말을 전하도록 했다.

"안나에게 가서 전해라. 아이네이아스가 남긴 것을 모두 태워버리라고 말이다. 나 또한 이 슬픔에서 벗어나겠다."

명령을 받은 자들이 모두 궁궐 밖으로 나갔다. 그사이에 디도는 정신이 반쯤 나간 상태에서 잠옷 차림으로 궁궐 안마당에 쌓아둔 장작더미 위로 올라갔다. 그리고 아이네이아스가 남겨놓은 칼을 높이 들어 올렸다. 그리고 마지

이 저주로 인해 나중에 큰 전쟁이 벌어져. 카르타고의 후손들이 아이네이아스의 후손들에게 보복하도록 했기 때문이야. 이로 인해 생긴 전쟁으로 한니발이 코끼리들을 이끌고 로마로 쳐들어가게 돼. 포에니 전쟁이 바로 디도의 억울함으로 인해 생긴 전쟁이니 역사와 신화의 경계는 어디까지일지 생각하게 되지.

막으로 큰 소리로 외쳤다.

"나의 인생은 이것으로 끝이다. 나는 도시를 세우고 사악한 오라비를 징벌한 후 이곳에서 아무 일 없이 잘살고 있었다. 트로이아의 배가 여기 오지 않았더라면 나는 영원히 행복하게 살 수 있었을 텐데 이제는 모든 것이 끝났다. 무정한 저 아이네이아스가 나의 타오르는 불길을 보고 죽음의 저주를 받아야 한다."

이 말을 끝낸 디도는 장작더미 위에 칼날을 세워놓고 그 위에 그대로 자신의 몸을 던져버렸다. 가슴을 뚫고 나온 칼이 무정하게도 디도를 쓰러뜨렸다. 뒤늦게 돌아와 이 장면을 본 사람들은 모두 오열했다.

"여왕이시여! 아니 되옵니다."

카르타고에는 온통 슬픔이 가득했다. 뒤늦게 달려온 안나는 언니의 주검을 끌어안고 통곡했다.

"언니! 꼭 이렇게 했어야 했나요?"

디도는 동생의 품에 안겨 마지막 숨을 거두었다. 그녀의 죽음이 안타까웠던 헤라 여신이 무지개 여신인 이리스를 보내서 빨리 숨이 끊어지도록 해준 거였다. 이리스는 아침 하늘에 색색의 무지개를 걸어주었다. 마치 그 다리를 타고 디도의 영혼이 하늘로 올라가도록 해주는 것 같았다. 이리스 여신은 디도의 머리 위에서 속삭였다.

"너의 아름다운 머리카락은 내가 가져다가 지하의 하데스 신에게 바치겠다."

여신이 머리카락을 자르자 디도의 숨결은 바람 속으로 사라졌다.

"흑흑! 언니! 이렇게 불쌍할 수가!"

안나는 한동안 통곡했다. 하지만 자기까지 이성을 잃을 수는 없는 노릇이었다.

"언니는 이제 이 세상 사람이 아니다. 장작에 불을 때라!"

그녀는 냉정하게 명령을 내렸다. 장례식을 서둘러 치러야 그나마 영혼이 빨리 안정을 취할 수 있을 것이기 때문이다. 불쏘시개에 붙은 불은 이내 장작으로 옮아갔다. 불꽃이 무섭게 타오르고 시커먼 연기가 하늘 위로 솟아올랐다.

떠나는 배 위에 있던 아이네이아스는 그 불꽃이 디도의 시신을 불태우는 불꽃이라고는 상상도 하지 못한 채 멀리서 쳐다보고만 있을 뿐이었다.

"저 불은 왜 나는 것일까?"

불길한 예감이 온몸을 휩싸 자신의 앞날이 평탄치 않을 것임을 예언해주는 것 같았다.

오, 디도 여왕. 슬픔에 잠긴 영혼이여,

사랑의 배신에 마음 찢겨버린 당신을 기억하네.

카르타고의 빛이여,

당신의 눈물은 바다에 흐르고,

영원한 평화를 찾아 저 먼 곳으로 떠났네.

당신의 사랑은 불꽃처럼 타올랐고,

그 불길은 우리의 가슴속에 남아 있네.

배신의 고통 속에서도 당신은 강인했으나,

이제 별이 되어 하늘에서 빛나고 있네.

오, 디도. 당신의 이름을 영원히 기억하리.

당신의 영혼이 평온을 찾기를 간절히 기도하리.

훗날 디도 여왕의 슬픔을 안타까워하는 노래가 세상에 널리 퍼졌지만 아이네이아스는 듣지 못했다.

8

여인들의 광기

아이네이아스의 항해는 순탄하지 않았다. 디도 여왕의 저주가 통했는지 바다는 이내 어두워지고 무서운 폭풍우가 몰아쳤다. 키잡이인 팔리누로스★는 두려움에 떨며 말했다.

"아이네이아스 대왕님. 이 거친 파도를 뚫고는 라티누스까지 갈 수 없습니다. 다시 한번 시켈리아에 들러야 합니다. 안 그러면 모든 배들이 부서져 없어질 것입니다."

"알았다. 모든 선단은 다시 시켈리아로 향하라."

시켈리아에는 트로이아의 여인과 강의 신 크리미소스의 아들인 아케스테스가 그들을 기다고 있었다. 외가 쪽의 친족들이 왔으니 그들을 친절하게 맞아준 것이었다.

"그대들은 이곳에서 편히 쉬시오. 원하는 것은 무엇이든 제공해주겠소."

그러면서 그는 수소를 두 마리씩 나누어 주었다. 수소를 잡아 주린 배를 채운 뒤 아이네이아스와 그 일행은 모여서 이야기를 나누었다.

"공교롭게도 우리는 다시 시켈리아로 돌아왔다. 일년 전에 아버님이 이곳에서 돌아가셨다. 무덤이 근처에 있으니 이번에는 아버님이 우리를 잠시 불렀다고 생각하자. 이참에 아버님을 기리는 운동 경기를 열면 좋을 것 같다."

그렇게 하여 그들은 안키세스의 무덤에 먼저 제사를 지냈다. 정성을 다해 제물을 바치고 그의 명복을 빌고 있을 때 갑자기 무성한 수풀 사이에서 뱀 한 마리가 나오더니 몸을 일곱 번이나 꼰 채로 움직이다가 미끄러지듯이 제사상에 올라왔다. 그 뱀은 펼쳐 놓은 접시들을 이리저리 살피더니 제물을 맛본 뒤에 그대로 사라져 버렸다. 사람들은 이걸 보고 웅성거렸다.

"안키세스 대왕이 돌아오셨다."

"제물을 바친 것이 흡족하셨던 모양이야."

뱀이 무덤의 수호자였는지 아니면 안키세스의 영령이었는지는 알 수 없었다. 아무튼 제사가 끝나고 음식을 나눠 먹으면서 아이네이아스는 외쳤다.

"이제부터 운동 경기를 열겠소. 첫 번째는 누가 가장 빠른지 배를 타고 경주하는 것이오."

네 척의 배가 시합에 참가했다. 모두 솜씨 좋은 노잡이들이 노를 잡았다. 배를 이끄는 장수들은 모두 금빛 갑옷을 입고 선원들을 독려했다.

"우리는 절대로 질 수 없다. 반드시 일등을 해서 상을 받자."

선원들의 몸은 올리브 기름을 발라 번질번질했으며 근육들은 금방이라도 터져나갈 것만 같았다. 뿔 나팔이 울리고 출발 신호가 떨어지자 배들은 앞서거니 뒤서거니 하며 달렸다. 켄타우로스호는 너무 빨리 달리려고 욕심을 부린 탓에 암초에 부딪혔다. 그 틈을 뚫고 스킬라호가 빠르게 선두로 나섰다. 스킬라호의 선장인 클로안토스는 신들에게 빌었다.

"바다의 신이시여! 저를 이기게 해주신다면 제단에 소를 바치겠습니다."

이 말을 들은 포르투누스★ 신은 손으로 그의 배를 밀어주었다. 그러자 바람을 받아 미끄러지듯이 반환점을 돌아 육지로 돌아왔다. 마침내 클로안토스가 우승자가 되었다. 그는 금실로 수를 놓은 보라색 겉옷을 상으로 받아 몸에 둘렀다. 한참 뒤에 세르게스투스가 켄타

아이네이아스 선단의 키잡이야. 그는 오랜 항해 경험을 가지고 있는 노련한 뱃사람이야. 하지만 그 역시 신들의 운명에서 벗어나지는 못해. 예언이 그대로 들어맞기 때문이야. 이럴 때 쓰는 속담이 원숭이도 나무에서 떨어진다는 것이지. 하지만 이런 그의 운명에서 우리는 신들의 가혹함은 예외가 없다는 걸 알 수 있어.

● ● ●

원래는 항구의 신이야. 인간 멜리케르테스로 아마티스와 이노의 아들이야. 아타미스의 광기로 인해 이노가 자살하니까 불쌍히 여긴 신들이 그를 이노와 함께 신으로 만들어주었다고 전해져.

우로스호를 끌고 돌아왔다. 배는 여기저기 부서져서 만신창이였다.

"분합니다. 배가 암초에 부딪힐 줄은 몰랐습니다."

"괜찮소. 내가 그대를 위로해 주겠소."

아이네이아스는 위로의 선물로 노예인 폴로에와 쌍둥이 아들을 상으로 주었다.

두 번째 경기는 달리기였다. 달리기 시합에는 발 빠른 트로이아의 청년들이 모두 나섰다. 친구 사이인 니소스와 에우리알로스가 서로 앞장서서 밀고 당기며 달렸다. 다른 선수들은 자기들끼리 다 해먹는다고 화를 냈지만 그들이 빠르다는 것은 인정할 수밖에 없었다. 아이네이아스는 웃으며 모두에게 상을 내렸다.

그 다음에는 권투 시합이 열렸다.

"자 주먹으로 누구에게도 지지 않을 자신이 있으면 한번 나와보시오."

그러자 젊고 힘센 다레스가 등장했다.

"제 주먹에 맞으면 머리통이 깨질 거요."

그는 손이 보이지 않을 정도로 빠르게 주먹을 휘둘렀다. 손에서 붕붕 소리가 날 정도였다. 다레스의 주먹에 수많은 사람들이 쓰러졌던 걸 기억하는 사람들은 선뜻 나서지 못하고 구경만 하고 있었다.

"하하하, 모두 겁먹었군. 상은 내가 차지해야 되겠어."

다레스는 기고만장해졌다. 그러자 엔텔루스 옆에 있던 아케스테스가 말했다.

"엔텔루스 저자가 저렇게 뻐기는데 그냥 둘 건가?"

"이보게. 내가 십 년만 젊었어도 다레스가 저렇게 나서기 전에 벌써 나가서 때려눕혔을 걸세. 하지만 자네가 그렇게까지 이야기하니 한번 싸워보지."

엔텔루스는 자신이 갖고 있는 장갑을 땅바닥에 던졌다. 도전한다는 뜻이었다. 사람들은 그 장갑을 보고 깜짝 놀랐다. 그것은 바로 전설의 장갑이었던 것이다. 그 장갑을 물려받은 엔텔루스가 큰소리로 외쳤다.

"이것은 소가죽 일곱 개를 덧대고 그 위에 철과 납을 박아서 만든 천하무적 장갑이다. 헤라클레스와 에릭스*가 맞설 때 끼었던 장갑인데 정정당당히 도전하는 바일세. 자네도 장갑을 끼고 싸울 건가? 벗고 싸운다면 나도 이 장갑을 고이 모셔둘 생각이네."

"어디 장갑을 껴보시오, 노인네."

순간 두 사람은 권투장갑을 끼고 마주 섰다. 시합 개시를 외치자 다레스는 엔텔루스 주변을 빙빙 돌며 주먹을 날렸다. 너무나 빨랐다. 엔텔루스는 주먹이 날아오는 것을 피하느라 정신을 못 차릴 지경이었다. 주먹을 몇 대 맞자 이를 피하려다 미끄러져 엔텔루스가 땅바닥에 쓰러졌다. 다레스는 그대로 올라타 사정없이 주먹을 날렸다.

여기서 우리는 헤라클레스가 10번째 과업으로 게리오네스의 소떼를 몰고 온 것을 기억할 거야. 이때 포세이돈의 아들인 에릭스가 그의 황소 한 마리가 도망친 걸 자기의 황소떼에 섞어 버려서 결투가 벌어졌지. 이 무모한 싸움에서 헤라클레스는 장갑을 끼고 에릭스를 죽여버려. 그때 사용했던 장갑이 이렇게 엔텔루스에게 전해진 거야.

"잠깐, 잠깐!"

아이네이아스가 끼어들어 엔텔루스를 세워주었다.

"나이 많은 엔텔루스가 아닌가. 상대가 미끄러져 넘어진 상태에서 공격하는 것은 안 되네. 다시 한번 정정당당하게 붙어보게."

엔텔루스는 다시 호흡을 가다듬은 뒤 시합을 이어 나갔다. 빠르게 도는 다레스의 다리 힘을 빠지게 하는 것은 몸통을 가격하는 것밖에 없었다. 치고 빠지는 다레스에게 쫓아가 옆구리를 한 대 가격했다. 옆구리가 결리기 시작하자 다레스의 속도가 눈에 띄게 떨어졌다. 빠르게 돌지 못하고 비틀거리는 것을 놓치지 않고 엔텔루스가 다시 쫓아가 무쇠 같은 주먹을 휘둘렀다. 결정타를 맞자 다레스가 쓰러지고 말았다. 엔텔루스가 그 위에 올라타 다레스에게 무차별 주먹을 휘둘렀다.

"그만하시오. 그만하시오. 엔텔루스 그대가 승자요."

나이는 많았지만 엔텔루스의 주먹은 대단했다. 부상으로 주어진 건강한 수소 한 마리는 엔텔루스의 차지가 되었다.

"이 상은 나와 나의 친구들이 함께 나눠 먹을 것이오."

그 자리에서 엔텔루스는 주먹으로 단박에 수소의 정수리를 때려 쓰러뜨렸다.

마지막으로 이어진 종목은 활쏘기였다. 과녁은 배의 돛대 위에 끈으로 매달아놓은 비둘기 한 마리였다. 비둘기는 얌전히 앉아 있었다.

"저 비둘기를 쏘아서 떨어뜨리는 자에게 상을 줄 것이오."

화살이 날아오자 놀란 비둘기는 푸드덕거리며 도망갔다. 날아 움직이기 때문에 맞히기가 더욱 힘들었다. 모든 사람의 화살이 빗나갔지만 마지막 화살 하나가 별똥처럼 날아가 비둘기를 정확히 꿰뚫었다. 그것은 바로 아케스테스의 화살이었다. 친구인 엔텔루스는 권투에서 우승하고 아케스테스는 활을 쏘아 상을 받은 것이다. 그의 활 솜씨는 천하무적이었다. 승리를 기뻐하며 아케스테스는 허공에 다시 한번 화살을 쏘아 올렸다. 그 화살은 구름 속으로 날아가 다시는 돌아오지 않았다.

그 뒤로도 젊은이들끼리 씨름이라든가 말 타고 적을 공격하는 시범을 보여주면서 잔치가 이어졌다. 모두 즐거운 한때를 보내고 있을 때 이것을 못마땅하게 여기는 자가 있었다. 그것은 바로 올림포스의 헤라였다. 헤라는 트로이아인들이 라티누스까지 가는 것이 영 마음에 들지 않았다.

"저자들이 무사히 라티누스로 갈 수 있을 줄 아는 모양인데……"

아래를 내려보던 여신은 선단 앞에서 음식을 끓이고 불을 때며 아이들을 키우고 있는 여인들을 보았다. 그들은 오랜 항해와 떠돌이 생활에 지쳐 있었다. 남자들이 웃고 떠들고 마시면서 즐기는 동안 여자들이 힘겹게 뒷바라지하는 걸 본 헤라에게 아이디어가 번뜩 떠올랐다.

"이리 오라, 이리스."

무지개의 신 이리스가 헤라의 부름을 받고 재빨리 달려갔다.

"너는 지상으로 빨리 내려가서 저 여인네들이 항해를 방해하도록 만들어라."

"알겠습니다."

이리스는 트로이아의 여인 중 한 명으로 변신하여 무리에 스며들었다. 끊임없이 술과 고기와 음식을 만들어서 운동 경기에 참여하고 있는 남자들에게 제공해주고 있던 여자들은 어느덧 지쳐가고 있었다.

"이게 뭐람. 남자들은 저리 즐겁게 논다지만 우리는 이렇게 부엌데기 신세라니."

"바다를 떠돌고 있으니 마음이 안 잡혀."

"그러게 말이야. 빨리 정착해야 집도 짓고 텃밭도 가꾸고 아이들도 낳아서 기를 텐데."

"우리는 가야 할 곳이 어딘지도 모르고 바다를 헤매고 있잖아요."

이리스가 여기저기 다니며 쑥덕거렸다.

"이제 그만 헤맵시다. 이곳이 우리를 환영하니까 그만 떠돌고 여기에 눌러앉자고요."

이리스의 말은 마치 전염병처럼 여인네들 사이에서 순식간에 퍼져 나갔다. 수백 명의 여인들은 모두 갑자기 집단 광기에 사로잡혔다. 이리스가 그들을 모두 홀려놓은 것이다.

"그만 헤맵시다."

"저 배에다 불을 지르면 남자들도 어떻게 할 수 없을 거예요."

"맞아요. 그러면 이곳에다 트로이아를 다시 세우겠지?"

"당장 배에 불을 지릅시다."

여자들은 술렁대기 시작했다. 갑자기 화로에서 불붙은 장작을 꺼낸 여자들이 앞장서기 시작했다. 좋은 나무로 만들고 기름을 잘 먹여놓은 상태여서 불을 갖다 대자마자 배들은 금세 타오르기 시작했다. 여인들이 이 배 저 배에 올라가서 사정없이 불을 붙이자 순식간에 전체가 불덩어리로 변했다. 이걸 보며 이리스는 하늘로 올라가버리고 말았다.

이 사실을 알 리 없는 아이네이아스와 그의 동료 남정네들은 운동 경기에 여전히 빠져 있었다. 그때 순찰을 서던 병사 하나가 외쳤다.

"아이네이아스 대왕이시여! 저쪽을 보십시오. 갑자기 선단에 불이 붙었습니다."

고개를 돌려 확인한 아이네이아스는 당황하지 않을 수 없었다. 바닷가에 세워놓은 배들이 온통 불덩어리로 변해가고 있었던 것이다.

"이게 어찌된 일이냐? 모두 가서 당장 불을 꺼라!"

운동 경기에 참여하던 남자들은 그대로 연기와 불꽃이 치솟는 곳으로 향했다. 불을 끄기 위해 마구 뛰어들었지만 이미 배들은 상당히 불타서 가라앉고 있었다. 뼈대만 남은 배도 있었고 이제 불붙기 시작하는 배도 있었다. 이미 타버린 배는 어쩔 수 없었으니 불타기 시작하는 배에다가 물을 끼얹었다.

"아, 어찌 이런 일이 벌어진단 말이냐?"

아이네이아스는 직접 물에 퍼 나르며 제우스 신을 원망하였다.

"신이시여! 어찌하여 이런 고통을 주십니까? 신의 뜻대로 저희가 새 땅을 찾아가는 것이 왜 이다지도 어렵단 말입니까?"

올림포스에서 낮잠을 자고 있던 제우스는 아이네이아스의 시끄러운 절규에 눈을 떴다. 아래를 내려다보니 배에 불이 붙어 온통 아비규환 상태였다. 제우스는 헤라가 이러한 짓을 했다는 것을 바로 알아차렸다. 그리고 도움을 줘야 했었기에 먹구름 하나를 불러 내려보냈다. 물을 잔뜩 머금은 먹구름은 이내 소나기가 되어 배들을 태우고 있는 화마에 물벼락을 내렸다. 불은 곧바로 꺼졌다. 여기저기에서 연기만 치솟고 있는 것을 보자 여인들은 그제야 제정신을 차렸다.

"어머, 이게 어떻게 된 일이야?"

"우리가 무슨 짓을 한 거지?"

여인들은 모두 두려워하며 각자의 막사로 숨었다.

이 광경을 보고 있는 아이네이아스는 너무나 어처구니가 없었다. 하지만 여인들을 붙잡아 벌을 줄 수가 없었다. 어느 여인 하나 반대한 사람이 없었고, 모두 이곳에 눌러앉겠다고 배에 불을 지른 것을 이해하지 못하는 바가 아니었기 때문이다. 넋이 나간 아이네이아스는 무릎을 꿇고 털썩 주저앉았다. 어제 밤 꿈에 나타났던 아버지의 계시가 생각났다. 안키세스는 머리맡에 모습을 드러낸 뒤 아들 아이네이아스에게 이렇게 말했다.

"아들아, 너는 선단을 무사히 다 끌고 갈 수가 없다. 사람들의 마음은 저마다 다르니라. 다른 사람들의 마음까지 바꿀 수는 없는 법이다."

"무슨 말씀이세요? 아버지."

아이네이아스는 아버지를 애타게 부르다 깨어났다. 이때 나이 많고 지혜로운 나우테스*가 다가왔다.

"대왕이시여, 이번 사태는 심각합니다. 바다에 나가 고생하고 싶지 않은 사람이 많다는 의미이지요. 차라리 그런 사람들은 우리에게 호의적인 아케스테스가 다스리라고 하고 남겨두고 갑시다. 당신은 운명을 받아들여야 하니 함께 따르겠다는 자들만 데리고 라티누스로 가는 것이 좋겠습니다."

꿈에서 만난 아버지 안키세스의 영혼과 비슷한 말이었다.

아이네이아스는 자신의 생각을 나우테스의 제안과 함께 동료들과 논의하였다. 그들 모두 고개를 끄덕였다. 남고 싶은 자도 있었고, 떠나고 싶은 자도 있었기 때문이다. 아케스테스에게 심부름꾼을 보내 이 사실을 알렸다. 아케스테스는 반가운 마음에 달려 나와 말했다.

"그대들이 머물 곳은 이쪽입니다. 앞으로 마음껏 편안하게 지내도록 하세요."

아케스테스는 국력이 늘어나는 것이나 마찬가지였기 때문에 반가워했다. 아이네이아스는 에릭스산 꼭대기에 아프로디테 여신의 신전을 만들기로 했고, 안키세스의 무덤을 돌볼 사람도 임명했다. 그리고는 사람들에게 이렇게 외쳤다.

"이곳에서 안락하게 살고 싶은 사람은 계속 머물러도 좋다. 하지만 나와 함께 떠날 사람은 어서 배에 올라라."

그러자 사람들은 두 부류로 갈라섰다. 함께 떠날 자들은 선단 쪽으로 향했고 남을 자들은 제자리에 서 있었다. 떠날 사람들이 모두 배에 올라탄 것을 보자 아이네이아스는 술잔을 들고 제사를 올리며 술을 바다에 뿌렸다.

여기서 잠깐!!

아이네이아스를 따라 이주한 지혜로운 노인이야. 그는 팔라디온을 아이네이아스의 트로이아인들이 차지하라는 신탁을 디오메데스가 듣자 그에게서 신상을 넘겨받은 자라고 해. 제사장 비슷한 역할을 한 사람으로 짐작이 가능해. 그 뒤 로마의 나우티이 가문이 그의 후손들이 되었어.

아프로디테는 아들이 비참하게 떠나는 장면을 보자 포세이돈을 찾아갔다.

"포세이돈 신이시여, 헤라 여신이 얼마나 우리 아들과 내가 사랑하는 자들을 괴롭혔는지 보세요."

"참으로 끔찍하군."

"그렇습니다. 부탁하오니 우리 아들이 가는 길만이라도 좀 편하게 돌봐주세요."

"알겠네."

포세이돈은 아프로디테의 간곡한 청을 무시할 수 없어서 파도를 일시적으로 잠잠하게 만들어주었다. 이윽고 아이네이아스는 작별 인사를 나눈 뒤 배에 올라 가장 믿음직스럽고 경험 많은 팔리누로스에게 선단의 키를 맡겼다.

"목적지에 도착할 때까지 정신 똑바로 차리고 이 키를 절대로 놓지 않겠습니다."

팔리누로스는 이번이 마지막 기회라는 사실을 알고 있었다.

배는 포세이돈의 가호에 의해 순풍을 받으며 밤새 미끄러져 나갔다.

하지만 이때 헤라의 사주를 받은 잠의 신 힙노스가 다가와 키를 붙잡고 눈을 부릅뜨고 있는 팔리누로스에게 속삭이기 시작했다.

"여보게! 바다가 잠잠하고 바람도 똑같지 않나? 키는 나에게 넘기고 잠시 눈 좀 붙이게."

"아닐세. 이곳은 언제든지 바람이 변하는 곳이야. 그렇기 때문에 아이네이아스 대왕이 와도 이 키는 절대로 넘겨줄 수 없네."

그렇게 말했지만 팔리누로스는 자꾸 눈이 감기기 시작했다. 잠의 신은 모든 것을 망각하게 하는 레테 강물과 잠이 오게 하는 스틱스 강물을 적신 나뭇가지를 그의 머리 위에서 흔들었다. 물방울이 툭툭 떨어지자 팔리누로스의 눈은 점점 더 감겼다.

"아아, 잠들면 안 되는데."

졸음이 쏟아지는데도 그는 키를 붙잡고 온몸을 기대고 있었다. 그러나 결국 잠에 곯아떨어지면서 붙잡은 키가 부러져 그대로 바다에 빠지고 말았다. 키가 망가졌어도 배는 바람을 타고 계속 흘러가자 팔리누로스는 다급하게 외쳤다.

"살려주게! 살려줘!"

아무리 외쳐도 소용이 없었다. 동료들은 모두 팔리누로스를 믿고 편안하게 잠을 자고 있었기 때문이다. 그 뒤로 그의 소식을 들은 자가 없었다. 배는 그대로 바람을 받아 빙글빙글 돌며 표류하기 시작했다.

이러한 사실을 제일 먼저 깨달은 것은 잠자고 있던 아이네이아스였다. 그는 벌떡 일어나 키가 있는 곳으로 가보았다. 하지만 키는 이미 부러져 있었고 팔리누로스는 사라지고 없었다.

"아아!"

모든 것을 짐작한 아이네이아스는 절규했다.

"팔리누로스! 내가 너를 너무 믿었구나. 내가 도왔어야 했는데. 너의 육신은 이제 아무도 모르는 해안으로 떠내려가겠구나. 불쌍한 팔리누로스!"

아이네이아스의 외침이 고요한 밤바다에 울려 퍼졌다.

9

저승에 간 아이네이아스

아이네이아스의 선단은 오랜 방황과 고난 끝에 마침내 라티누스 해안에 도착했다. 그곳에는 바위와 깊은 숲 사이로 사납게 강이 흐르고 있었다. 해안에 배를 댄 뒤 아이네이아스와 동료들은 아폴론 신전을 향해 산으로 올라갔다. 언제나 새로운 땅에 도착하면 그 땅을 수호하는 신에게 예를 갖추는 것이 도리였기 때문이다.

이 아폴론 신전은 다이달로스가 미노스의 궁전을 빠져나와 제일 먼저 도착한 곳에 감사의 뜻으로 세워놓은 것이었다.

"아, 저걸 보십시오."

그들은 신전 대문에 그려진 그림을 보고 놀라움을 금할 수가 없었다.

대문에는 크레타의 미노스 왕을 속여 황소와 정을 통한 파시파에 왕비의 모습이 그려져 있었다. 그리고 파시파에가 황소와 눈이 맞아 낳은 자식인 미노타우로스도 생생하게 묘사되어 있었다. 미노타우로스는 절반은 사람이며 절반은 소의 모습을 하고 있었다.

"계십니까?"

일행은 조심스럽게 깎아지른 절벽 아래에 세워진 신전으로 들어섰다. 기둥으로 받쳐져 있는 신전은 들어가보니 안쪽이 미로처럼 동굴로 연결되어 있었다. 100개의 동굴들이 연결되어 있는 그 신전에서 그들은 몇 번씩 소리쳐 자신들이 이곳에 왔음을 알렸다. 신전을 지키는 사제가 어딘가에 있을 것이라고 생각했기 때문이다. 동굴에는 메아리가 끝없이 울려 퍼졌다.

"저희들은 트로이아 사람들입니다. 누구 안 계십니까?"

그때 한 여인이 나타났다. 그녀는 사제인 시빌레★였다.

"어서들 오십시오. 이곳은 아폴론 신의 신전입니다."

여기서 잠깐!!

아폴론 신탁을 전하는 여사제야. 이 시빌레는 한 명이 아니라 여러 명이며 여기저기에서 많이 등장해. 그러다 보니 출신도 다양하게 해석이 되고, 모든 여자 예언자는 '시빌레'라고 부를 지경이야. 한마디로 조선시대 홍길동이라는 도적이 신출귀몰하니까 여기저기 지역마다 홍길동이 나타나는 것과도 흡사한 경우지.

"알고 왔습니다. 저희들은 트로이아 사람들입니다. 그리스군에게 패망하여 약속의 땅을 찾아 여기까지 온 것입니다. 부디 우리들의 앞날을 예언해주십시오."

시빌레는 잠시 걸음을 멈추었다. 신의 목소리가 그 굴에서 흘러나왔기 때문이었다. 시빌레에게 드디어 신이 내리기 시작했다. 얼굴이 상기되며 머리가 흐트러지고 끊임없이 몸에 경련을 일으키더니 갑자기 제자리에서 펄떡펄떡 뛰기 시작했다.

"신께서 오셨다. 신께서 오셨어. 너희들이 궁금한 것을 여쭈어라."

시빌레가 입에 거품을 물며 빙의 상태가 되자 트로이아인들은 모두 놀라서 두려움에 떨었다.

"아, 미친 거 아닌가?"

하지만 아이네이아스는 그 앞에 무릎을 꿇고 간청하기 시작했다.

"아폴론 신이시여, 저희들을 불쌍히 여겨주십시오. 숱한 고난 끝에 이곳에 도착했습니다. 부디 이곳에 정착할 수 있게 해주십시오. 이곳이 저의 운명이라 말씀하시지 않으셨습니까. 예언을 말로 전해주십시오."

그 말을 들은 시빌레는 신의 목소리를 대신해서 쩌렁쩌렁하게 예언했다.

"전쟁이다. 전쟁이다. 너희들 앞에 전쟁이 있다. 티베리스강에 피의 거품이 흐른다. 외국에서 온 신부가 그대를 기다리고 있다. 당당하게 맞서 싸워야 할 것이야."

무슨 뜻인지 알 수 없었지만 아이네이아스는 다른 질문을 했다.

"개인적인 것도 부탁하고 싶습니다."

"무엇이든지 말해보아라."

"하데스 신이 있는 어둠의 땅에 한번 다녀올 수 있게 해주십시오."

"산 사람은 갈 수 없는 곳인데 왜 그곳에 가려 하느냐?"

"돌아가신 아버님을 꼭 한 번 뵙고 싶습니다. 마지막으로 아버님을 만날 수 있게 허락해주십시오."

아이네이아스는 아버지를 여읜 상실감이 너무도 컸다. 그렇기에 마지막으로 한 번 더 보고 싶은 마음이 굴뚝 같았다.

"그곳으로 들어가는 사람은 많지만 다시 살아서 나온 사람은 한 명도 없었다. 산 자는 그곳에 갈 수 없다."

"하지만 신들께서 도와주신다면 갈 수 있을 것입니다."

"저승에 가고 싶다면 페르세포네 여신이 신성하게 여기는 식물을 지니고 가야 한다."

"그것이 무엇입니까?"

"황금 가지를 찾아야 한다."

황금 가지는 저승에 가려는 사람이 바쳐야 할 일종의 제물이었다. 잎을 뜯으면 바로 그 자리에서 새 잎이 자라나는 기적의 나무에서 꺾을 수 있었다.

"그 가지는 아무나 꺾을 수 없다. 네가 저승에 가는 것이 허락된다면 꺾을 수 있겠지만, 그렇지 않다면 칼이나 톱으로도 그 가지는 절대로 자를 수 없을 것이다."

아프로디테는 아버지를 그리워하며 어찌하면 좋을지를 묻고 있는 아들을 안쓰럽게 지켜보고 있었다. 아프로디테는 신전에서 나온 아들에게 비둘기 두 마리를 날려 보내주었다.

"아, 저건 어머니께서 보내주신 신표로구나."

아이네이아스는 비둘기 두 마리가 아프로디테를 상징한다는 사실을 잘 알고 있었다. 비둘기는 적당한 거리에서 구구거리며 날아갔다. 아이네이아스는 그 뒤를 쫓았다. 새들은 일정한 속도로 날아갔지만 두 발로 따라가야 하는 인간에게는 벅찬 일이었다. 숲이건 자갈길이건 늪이건 허우적대며 아이네이아스는 비둘기 두 마리를 놓치지 않으려고 일편단심으로 쫓았다. 마침내 그는 깊은 숲속에서 환하게 빛나는 황금가지를 발견했다. 황금 가지는 털가시나무 가지에 칭칭 감겨 잎사귀를 뻗어 올리고 있었다.

'이게 바로 그 황금 가지로구나.'

아이네이아스는 저승 가는 열쇠나 마찬가지인 황금 가지로 손을 뻗어서 잡아당겼다. 툭 소리와 함께 황금 가지는 단번에 꺾여 아이네이아스의 손에 잡혔다.

'됐다. 이제 아버지를 만날 수 있겠다.'

아이네이아스는 저승으로 가는 동굴을 둘러싸고 있는 아베르누스 호수로 달려갔다. 아베르누스 호수는 저승의 동굴을 해자처럼 감싸서 아무나 다가갈 수 없는 곳이었다. 검은 물이 뿜어내는 독기 때문에 새들도 그 위로 날아갈 수 없었다. 시빌레는 아이네이아스가 황금 가지를 꺾어올 것을 알고 이미 그 호숫가에서 그를 기다리고 있었다.

"여기 꺾어왔습니다."

"그대는 정말로 저승에 들어올 것을 허락받은 자로군요."

시빌레는 냉정한 표정으로 그곳에서 검은 소 네 마리를 제물로 바쳤다. 저승의 여신 헤카테에게 미리 바치는 거였다. 그동안 아이네이아스는 페르세포네에게 바칠 암소와 검은 양을 칼로 죽여 준비하고 수소를 제단 위에 펼쳐놓았다. 제물을 바치자 마침내 해가 뜨고 마치 지진이 난 것처럼 온 세상이 크게 흔들렸다. 어둠 속에서 저승의 개들이 짖는 소리가 들렸다. 죽음의 여신이 몰고 오는 개였다. 시빌레는 아이네이아스를 수행해서 온 자들에게 큰 소리로 말했다.

"트로이아인들이여, 모두 길을 비켜라. 그리고 칼을 뽑아라. 용기를 내라."

아이네이아스의 부하들이 모두 땅에 엎드려 두려움에 떨고 있을 때 여사제는 먼저 동굴 안으로 발을 내딛으며 들어갔다. 아이네이아스는 그녀의 뒤를 놓치지 않고 따라가야 한다는 생각으로 동굴로 빠르게 발을 옮겼다.

저승 입구에서는 수많은 망령들이 떠돌고 있었다. 그들은 배고픔과 두려움 그리고 질병과 전쟁 때문에 죽은 자들이었다. 입구 근처에는 온갖 죽음과 관련된 신들도 자리를 잡고 있었다. 늙음의 신, 전쟁의 신, 불화의 신, 질투의 신 등 부정적인 신들은 모두 그곳에 모여 있었다. 뿐만 아니라 야수들도 그를 바라보고 있었는데 켄타우로스와 고르곤 그리고 하르피아이가 나란히 있었다. 또한 사자와 염소와 용을 뒤섞은 듯한 잡종의 창조물들이 그곳에서 아이네이아스를 쳐다보았다. 아이네이아스는 그들이 바로 덤벼들 것을 두려워하며 칼을 뽑아 겨누었지만 시빌레가 그를 말리며 말했다.

"여기서 시간 낭비하지 말고 어서 나를 바짝 따라오시오."

우글거리는 괴물과 망령들 사이를 뚫고 아이네이아스는 동굴 안으로 계속 발걸음을 옮겼다. 미로같은 동굴이 끝나자 넓은 스틱스강이 나타났다. 한번 건너면 다시 돌아올 수 없다는 죽음의 강이었다. 죽은 자들의 혼령이 강물 위아래에서 우글거리며 떠돌고 있었다. 그것은 새나 박쥐가 바람에 날리는 것도 같고 낙엽이 바람에 우수수 강물에 떨어지는 것도 같았다. 그들은 모두 뱃사공 카론에게 외치고 있었다.

"나를 건네줘!"

"나는 잠들고 싶어!"

마치 갈대들이 손을 뻗듯이 강 건너로 건너가게 해달라고 간청하고 있었지만 장례식을 치른 영혼만이 그 강을 건널 수 있었다. 버려진 시체, 병으로 죽은 시체, 사람들에게 잊힌 시체들은 그곳에서 영원히 유령이 되어 떠돌고 있을 뿐이었다.

그때 카론이 배를 저어 그들에게 다가왔다. 낡은 누더기를 걸치고 잿빛 수염을 가슴까지 기른 카론은 강을 건너지 못하는 자들이 매달릴 때마다 삿대로 마구 두들겨서 밀어냈다. 그때마다 타격음이 강가에 울려 퍼졌다. 아이네이아스가 강가에서 카론이 다가오는 것을 기다리고 있을 때 놀랍게도 낯익은 혼령이 그에게 다가왔다.

"대왕이시여!"

그것은 얼마 전에 물에 빠져 죽은 키잡이 팔리누로스였다.

"아, 팔리누로스! 결국 너는 죽었구나. 그대처럼 헤엄을 잘 치는 자가 어찌 이 강을 건너지 못했는가?"

"저는 이 스틱스강을 헤엄쳐 건너가려 했지만 저 혼령들이 저를 이렇게 강물에 밀어 넣었습니다. 저는 장례식을 치르지 못해서 이렇게 구천을 떠도는 영혼이 되었습니다. 아이네이아스 대왕이시여. 저를 구해 주십시오. 저 건너편으로 데려가주세요."

아이네이아스가 시빌레의 눈치를 살폈다. 하지만 그녀는 냉정했다.

"장례식을 치르지 않았기 때문에 안 된다."

아이네이아스는 어쩔 수 없었다.

"팔리누로스, 내가 맹세하네. 자네 영혼을 묻을 수 있는 묘지를 만들고 묘비석을 세워주겠네."

그때 아이네이아스가 손을 들자 카론이 다가오더니 그가 배에 오르는 것을 막아섰다.

"당신은 살아 있는 자가 아닌가? 이 배는 죽은 자만이 탈 수 있다. 당신은 산 사람이기 때문에 자격이 안 된다."

그러자 시빌레는 아이네이아스가 가져온 황금 가지를 소매에서 꺼내 보여주었다. 그것은 페르세포네에게 바칠 신성한 제물이었다.

"아, 그걸 가지고 있다면 얘기가 다르지."

카론은 군말 없이 나룻배를 가까이 대주었다. 배에 오른 그들은 카론이 삿대로 바닥을 밀자 소리 없이 스틱스강을 건널 수 있었다. 한참을 나아가자 동굴이 하나 나타났는데 머리 셋 달린 지옥의 개 케르베로스가 입구를 지키고 있었다. 헤라클레스가 잡아갔다가 풀어준 그 지옥의 개였다.★

"컹컹!"

케르베로스는 모든 혼령들을 물어뜯겠다는 듯이 마구 짖으며 덤벼들었다. 아이네이아스에게 사정없이 덤비는 순간, 시빌레는 준비해 온 꿀떡 세 개를 동시에 허공에 던졌다. 머리 셋이 각자 떡을 하나씩 받아먹자, 케르베로스는 이내 잠에 빠지고 말았다. 잠 오는 약을 섞은 떡이었던 것이다.

"아이네이아스, 내 한을 풀어주시오."

"나는 아직도 원한이 남았소."

곧이어 새로운 혼령들이 아이네이아스와 시빌레 주위를 에워쌌다. 슬픔에서 헤어나지 못하는 혼령들이었다. 대부분 아직 때가 되지 않았는데 죽은 어린 혼령들이거나 누명을 쓰고 죽은 자들 그리고 자살한 영혼들이었다. 뿐만 아니라 사랑을 이루지 못해 죽은 영혼들도 그곳에 있었다. 아이네이아스는 그곳에서 슬픈 자들의 우울한 마음이 전해지자 발걸음을

여기서 잠깐!!

헤라클레스는 12가지 과업 중 하나로 타르타로스에서 케르베로스를 끌고 오게 된단다. 케르베로스는 《그리스 로마 신화》에 나오는 아주 특별한 개야. 세 개의 머리를 가지고 있는데, 하데스라는 지하 세계의 신이 키웠지. 케르베로스의 일은 지하 세계 문을 지키는 거였어. 죽은 사람들이 지상으로 올라오지 못하게 하고, 또 지상에서 온 사람들이 지하 세계를 마음대로 돌아다니지 못하게 막았지. 많은 사람들이 케르베로스의 무서운 모습 때문에 겁을 냈지만, 사실 케르베로스는 하데스의 명령만 따르는 아주 충성스러운 개였어.

멈추었다.

"아, 이렇게 억울한 혼령이 많다니."

그 가운데 한쪽에 낯이 익은 영혼의 모습이 보였다. 그 영혼은 사랑과 슬픔의 목소리로 외쳤다.

"아이네이아스! 나를 버리고 떠나다니."

그 영혼은 바로 디도 여왕이었다.

"아 가엾은 디도. 당신이 죽었다는 소문을 들었는데 정말이었구려. 다 내 잘못이오. 아! 하지만 다시 한번 말하오. 당신을 떠난 건 나의 운명일 뿐이오. 다시 한번 이곳에서 그대에게 사죄하오."

아이네이아스는 용서받고 싶다는 듯 손을 내밀었다. 하지만 그는 디도 여왕의 형체를 만질 수가 없었다. 디도 여왕은 아이네이아스를 외면했다. 더 이상 그와 말을 섞고 싶지 않은 것 같았다. 그녀는 등을 돌려 죽은 남편인 시카이오스가 기다리고 있는 어둠 속으로 사라져버렸다.

이윽고 아이네이아스는 용감무쌍하던 전사들의 영혼이 깃들어 있는 들판으로 나아갔다. 그곳에서 아이네이아스는 이미 세상을 떠난 수많은 동료들을 발견했다. 몸둥이가 찢겨진 상태인 데이포보스는 죽는 순간 그대로 얼굴도 흉측한 모습이었다. 데이포보스가 그에게 말했다.

"트로이아가 멸망하던 날 헬레네가 그리스군에게 신호를 보냈습니다. 내가 똑똑히 보았습니다. 분하고 억울할 따름입니다."

거짓으로 항복한 시논이 그리스군에 신호를 보낸 것을 그는 헬레네가 보냈다고 착각하고 있었다.

"아, 데이포보스! 이미 다 지난 일이네. 그런 인간 세상의 일은 다 잊고 편히 잠드시게."

죽은 그리스 전사들도 그곳에 많이 있었다. 그들은 적이었던 아이네이아스가 산 채로 이곳에 나타나자 모두 두려워서 사방으로 흩어졌다. 아이네이아스는 죽어서도 살았을 때의 원한과 갈등을 아직까지 품고 있는 그들이 측은하게 느껴졌다.

"아아, 이제 모든 것이 끝났는데 아직도 생전의 기억에서 벗어나지 못하는구나."

일행 앞에는 두 갈래의 길이 나타났다.

"이 길은 어느 길입니까?"

시빌레가 말했다.

"이쪽은 저주받은 자들이 머무는 길입니다."

저주받은 자들이 머무는 이곳은 타르타로스라는 길이었다. 타르타로스 안쪽에서는 벌 받는 자들의 고통과 간담이 서늘해지는 비명소리가 끝없이 울려 퍼졌다.

"으아악! 우우욱! 살려줘!"

사기를 일삼고 동족을 배신하거나 잔혹한 행위를 했던 혼령들이 그곳에서 끝없는 고통을 당하고 있었다. 저승에 와 있는 크노소스의 왕 라다만티스의 지배를 받는 타르타로스의 혼령들은 복수의 여신들로부터 영원히 고문과 고통에 시달리고 있었다.

"그럼 이쪽으로 난 길은 무엇입니까?"

"그곳은 행복의 벌판인 엘리시움으로 가는 길입니다."

아이네이아스는 페르세포네에게 경의를 표하기 위해서 저승에 들어가는 대문에 황금 가지를 매놓았다.

마침내 엘리시움의 들판이 펼쳐졌다. 숲과 늪과 풀밭이 있는 화사한 낙원이었다. 선하고 의리 있으며 용감한 자들의 혼령이 그곳에 모여 있었다. 제일 먼저 아이네이아스를 반긴 것은 안키세스였다.

"아들아!"

"아버지!"

"결국 네가 이곳까지 왔구나."

아이네이아스가 달려가 아버지를 끌어안으려 했지만 그의 혼령은 아이네이아스가 손으로 만질 수 있는 존재가 아니었다. 다시금 아이네이아스는 아버지가 이 세상 사람이 아니라는 것을 깨달았다.

"나를 따라오너라. 레테강으로 너를 인도하겠다."

그들은 레테강이 흐르는 계곡으로 발걸음을 옮겼다. 강둑에는 수많은 영혼들이 서 있었다. 안키세스는 아들에게 그들을 소개했다.

"여기 있는 자들은 때가 되면 지상으로 돌아가서 다시 태어난단다."

"그러면 그들은 과거를 다 기억하나요?"

"그렇지 않단다. 레테강 물을 마시기 때문에 전생은 모두 잊게 되지. 정신이 육체의 감옥으로부터 벗어났기에 자유롭게 다시 태어나는 것이다."

"아 그렇군요."

안키세스는 작은 언덕 위로 올라갔다.

"여기 혼령들을 잘 보아두어라. 트로이아 후손들이 맞이할 명예로운 미래가 어떤 것인지 너는 알 수 있을 것이다."

안키세스는 대기하고 있는 영혼들을 가리키며 다가올 운명을 말해주었다.

"저 전사는 실비우스*다."

"실비우스가 누굽니까? 왜 저곳에 있습니까?"

"내가 죽고 다시 태어날 너의 아들이다. 저기에 있는 이들은 우리의 후손들을 위해 도시를 세울 자들이야. 그리고 저쪽에 있는 영혼이 보이느냐?"

장엄하고 근엄한 영혼이 하나 보였다.

"저자는 나중에 온 세계를 다스릴 위대한 도시 로마를 건설할 로물로스란다."

하지만 아이네이아스는 그들이 어떤 일을 할지 알 수 없었다. 자신이 죽고 나서도 아주 먼 훗날의 일이기 때문이다.

"이올로스의 자손들이 둘러싸고 있는 저 빛나는 영혼이 보이느냐?"

"저 영혼은 누구입니까?"

"저 영혼이 바로 카이사르다. 라티누스의 황금기를 불러일으킬 아우구스투스도 저기에 있다."

안키세스는 앞으로 라티누스가 얼마나 강

여기서 잠깐!!

아이네이아스와 라비니아라는 새 부인 사이에서 태어날 아들이야. 이때 아이네이아스는 아내를 데리고 떠나지 못했기에 홀아비였어. 그러니 나중에 정착해서 낳을 아들을 미리 본 거지. 이올로스와는 이복형제 지간이야. 형인 이올로스가 동생에게 라비니움을 내주고 다투지 않기 위해 떠나서 알바라는 나라를 건국하지. 하지만 나중에 알바 역시 실비우스에게 넘겨주고 죽는단다. 한마디로 로마의 적통이 되는 아들이야.

력한 나라가 되고 부흥할지 하나하나 설명해주었다. 트로이아의 밝은 미래와 업적이 영원무궁하리라는 것을 말해주는 것이었다. 로마가 막강한 힘을 가진 나라가 된다는 희망을 숨김없이 말하자 안키세스는 후련하다는 표정으로 아이네이아스에게 말했다.

"아이네이아스야, 이것을 기억해라. 너는 최초의 로마인이다. 너는 권위를 가지고 백성들을 다스려라. 평화로운 나라를 만들되, 패자에게는 무한한 아량을 베풀고 적들은 강인함으로 굴복시키고 잠재워라."

할 말을 다 하자 그는 돌아섰다. 이제 헤어질 시간이 된 것이다.

"지금 돌아가지 못하면 그대는 영영 이곳에 남아야 합니다."

시빌레는 이제 돌아가야 한다고 그의 옆에서 거듭 재촉했다.

"이제 이곳을 나가면 너는 다시 현실 세계로 돌아가게 된단다."

그들은 잠의 문 앞에 서 있었다. 문 한쪽에는 뿔이 달려 있었고, 또 한쪽에는 상아가 달려 있었다.

"진짜 혼령들은 이 뿔이 달린 문으로 드나든다. 하지만 상아가 있는 문에는 거짓 꿈들이 드나든다. 너는 상아의 문을 통해 나가거라."

안키세스는 상아의 문을 열었다. 그리고 아들의 등을 떠밀었다.

아이네이아스는 그 문을 열자마자 동료들이 머물고 있는 해안가로 돌려보내졌다.

10

또다시 전쟁

　트로이아인들은 약속의 땅을 향해 다시 배를 타고 바다로 나아갔다. 거친 항해를 거듭한 끝에 마침내 그들은 거대한 숲 사이로 흐르는 티베리스강의 입구에 도착했다. 순간 아이네이아스는 그곳이 자신의 고향 같은 느낌이 강하게 들었다. 기쁜 마음으로 그는 해안에 배를 대도록 명령을 내렸다.

　"이곳이 바로 우리의 땅인 것 같다. 어서 저쪽에 상륙하자!"

　긴 항해가 마침내 끝난다고 생각하니 선원들은 기뻤다. 왜냐하면 양식이 거의 다 떨어져가고 있었기 때문이다.

　"주위에 먹을 것이 있는지 찾아보아라. 우리는 배를 정비하겠다."

아이네이아스는 해안가에 배를 정박하도록 명령한 후에 먹을 것을 구할 선발대를 숲으로 들여보냈다. 숲으로 갔던 병사들은 한참 뒤에 과일과 야채, 나물 같은 것을 구해서 돌아왔다.

"먹을 것은 이것뿐입니다."

"그럼 어서 나누어 먹도록 하자."

그릇이 제대로 준비되지 않았기 때문에 그들은 넓적하고 딱딱한 보리빵에 야채와 과일들을 얹어 놓은 채로 먹었다. 빵이 그릇이자 식탁인 셈이었다. 음식의 양이 적으니 그들은 그 밑에 깔아놓았던 보리빵까지 와구와구 다 먹어치웠다. 그것을 본 이올로스가 문득 깨닫고 말했다.

"아버님! 우리가 얼마나 배가 고팠는지 이 밑에 밥상처럼 깔아놓은 보리빵까지 먹고 있습니다. 하하하하!"

"뭐라고!"

그의 말에 아이네이아스는 벌떡 일어났다. 하르피아이의 예언이 무엇인지 비로소 알 수 있었기 때문이다.

"하르피아이는 우리가 밥상까지 먹는 곳이 우리가 도착할 땅이라고 했다."

얼굴이 창백한 괴물 가운데 우두머리인 켈라이노가 나무 위에서 저주하듯 예언한 것이 기억났다. 그들의 예언이 들어맞았다는 것이 놀라웠지만 한편으로는 안도감도 들었다. 이제 더 이상의 방황과 고통은 없을 것이기 때문이다.

"이곳이 우리의 최종 목적지인 것이 분명하구나. 이제 우리의 고향으로 삼도록 하자."

그들은 그곳에 머무르며 주변을 정찰하였다. 멀지 않은 곳에 라티누스* 왕의 도시가 있었다.

"라티누스 왕에게 예의를 갖추자."

아이네이아스는 예물을 준비하여 일리오네우스에게 부하들을 딸려 보냈다.

"선물을 바치면서 우리가 절대 해치러 온 것이 아님을 잘 전하도록 해라. 좋은 뜻으로 이웃이 되면 좋겠다고 말하는 게 좋겠다."

지중해의 섬나라에서는 배를 타고 상륙한 자들이 종종 양면성을 드러내는 경우가 많았다. 필요에 따라 해적이 되기도 하고 친구가 되기도 하는 까닭이다. 라티누스 왕에게 찾아가 예물을 바치고 아이네이아스의 뜻을 전하자 라티누스 왕은 반갑게 맞아주었다.

"어서 오시오. 그대들이 원하는 땅에서 사는 것을 허용하겠소."

그의 허락이 떨어지자 아이네이아스와 그의 일행들은 자신들이 배를 댄 곳에 천막을 친 뒤 흙을 빚어 벽돌을 쌓으며 도시를 만들기 시작했다. 배수로를 파서 물이 빠지도록 하고 신전을 지으며 살 곳을 조금씩 만들어 나

로마 원주민 나라의 왕이야. 그의 출생에 대해 여러 설이 있는데 그는 키르케와 오디세우스의 아들이라고 해. 로마 측에서는 토착신 파우누스와 미르카 여신의 아들이라고도 해. 또 다른 설로는 헤라클레스가 파우누스 왕의 아내와 결합해 낳은 자식이라고도 해. 이걸 다시 해석해보면 이 지역은 그만큼 다양한 세력이 그동안 스쳐 지나가듯 자리를 잡았다가 멸망했던 땅이라는 뜻이야. 그러다 아이네이아스가 드디어 나타난 거지.

갔다.

사실 이들의 도착을 가장 반가워한 것은 바로 라티누스 왕이었다. 그는 고민거리가 하나 있었는데 아직 결혼하지 않은 딸이 있었기 때문이다. 딸을 결혼시키려고 몇 번이나 청혼자들을 받으려 했지만 신의 계시가 있어서 그렇게 하지 못했다. 라티누스의 딸은 멀리서 온 낯선 자와 결혼해야 한다는 예언을 받았기 때문이다.

"사랑하는 딸아. 너는 멀리서 온 낯선 자와 결혼해야 할 운명인데 그가 도대체 어디서 언제 온단 말이냐?"

라티누스 왕은 딸을 볼 때마다 한숨 쉬듯 말했다. 그런 예언과 상관없이 라틴 지역에 있는 각 도시국가의 왕자들은 공주와 서로 결혼하고 싶어 했다. 많은 청혼자들이 찾아왔지만 왕은 허락하지 않았다. 그중에서도 가장 탐나고 늠름한 청혼자는 투르누스였다. 당당하고 거대한 체구에 잘생기기까지 한 그는 누가 보아도 맘에 드는 사윗감이었다.

"따님을 저에게 주십시오. 우리 두 나라가 합치면 더욱 더 부강해지지 않겠습니까?"

그러나 라티누스는 멀리서 온 사람들과 피를 섞어야 라틴이 무사히 번창한다는 예언을 마음에 두고 있었다. 그것은 다시 말해 공주가 이방인과 결혼해야 한다는 의미여서 쉽사리 허락할 수 없었던 것이다. 그러던 차에 트로이아 사람인 아이네이아스가 찾아왔다는 소식을 들었을 때 신의 예언이 이루어지는 것 같아 그는 가슴이 뛰었다. 그래서 그들을 적극 환영한 것이다.

일리오네우스가 처음 찾아왔을 때 그는 기뻐하며 맞아주었다.

"트로이아인들이여 어서 오시오. 우리는 그대들을 환영하오. 그대들의 대장이 누구요?"

"아이네이아스입니다."

"그를 만나고 싶소. 나에게는 딸이 하나 있는데 운명의 여신의 뜻에 따른다면 두 사람은 천생연분이 아니겠소?"

뜻밖의 예언과 환대에 일리오네우스는 안도하며 이 사실을 아이네이아스에게 알렸다.

하지만 일은 순조롭게 이루어지지 않았다. 올림포스산에서 여신 헤라가 이 광경을 내려다 보고 있었기 때문이다. 닻을 내리고 새로 살아갈 터전을 마련하고 있는 트로이아의 사람들을 보자 헤라는 열불이 났다.

"저놈들이 언제까지 나를 이렇게 괴롭힐 건가? 새로운 땅에서 나에게 모욕을 주려고 터를 잡고 있지 않은가?"

이번에야말로 제대로 복수해야겠다는 생각에 헤라는 가장 무서운 알렉토★를 불러 들였다. 알렉토는 복수의 여신들 가운데서도 가장 끔찍한 자였다. 분노와 경쟁의 증오를 키우는 여신으로 유명했기 때문이다.

"알렉토! 어서 내 앞에 와라."

여기서 잠깐!!

《그리스 로마 신화》에 등장하는 에리니에스의 세 자매 가운데 하나야. '끝없고 무자비한 분노'라는 의미지. 자매로는 티시포네와 메가이라가 있어. 분노 같은 도덕적 죄, 특히나 그것이 다른 사람을 향했을 경우를 처벌하는데 메두사처럼 머리에 뱀이 자라고 눈물은 피눈물이며 박쥐 날개가 달린 모습으로 묘사되곤 해.

헤라의 명령에 따라 알렉토는 지옥의 어두운 집에서부터 부리나케 달려와 헤라의 뜻을 받들었다.

"여신께서 원하시는 대로 하겠습니다."

알렉토는 순식간에 라티누스의 궁전으로 날아갔다. 그러더니 왕비인 아마타에게 주문을 걸기로 작정하고 자신의 머리카락 하나를 뽑아 뱀으로 변신시켰다. 뱀은 잠자고 있는 여왕의 목으로 슬슬 기어가더니 금목걸이로 둔갑하였다. 그 뱀은 이내 분노와 증오의 독을 여왕에게 주입하였다. 그전까지 아무 말 없던 여왕은 갑자기 태도를 바꾸더니 왕에게 이를 악물고 따지는 거였다.

"당신, 제정신입니까? 우리 딸은 벌써 투르누스와 약혼한 사이잖아요. 왜 이렇게 근본도 없는 자에게 우리 딸을 보내려는 것입니까?"

라티누스는 왕비가 투정하는 것으로 알고 신경도 쓰지 않고 쳐다보지도 않았다. 이미 그는 아이네이아스를 자신의 사윗감으로 생각하고 있었기 때문이다.

"내 말을 들으세요. 아이네이아스는 절대 안 됩니다."

아무리 머리를 쥐어뜯으며 소리를 질러도 왕은 왕비를 무시했다.

"나는 예언대로 하려는 거요. 그리고 아이네이아스야말로 정말로 멋진 용사가 아니오? 내 마음은 이미 정해졌으니 더 이상 말하지 마시오."

분노가 치민 아마타는 궁전 밖으로 뛰쳐나갔다. 그러더니 미친 사람처럼 닥치는 대로 사람들은 붙잡고 헛소문을 퍼뜨리기 시작했다.

"트로이아인들은 우리를 점령하러 왔다. 우리의 공주까지 빼앗아 가려는 그들이 도대체 누구길래 평화로운 땅을 해치려 드는 것이냐?"

여왕이 나서서 이렇게 이야기하자 민심이 흉흉해지기 시작했다. 왕국 전체에 의심과 음울한 기운이 감돌았다.

"외적이 쳐들어왔는데 그들에게 항복하는 거라고?"

"공주님까지 바치면서 그런다잖아."

"있을 수 없는 일이야. 자존심이 있지."

누가 건드리면 터질 듯한 분위기가 라티누스 백성들 사이에 팽배했다.

그러자 알렉토는 이번에 청혼자인 투르누스에게 가서 친구의 모습으로 말을 걸었다.

"투르누스 그대는 눈이 멀쩡한가?"

"내 눈은 어느 누구보다 건강하다."

"그런데 왜 두 눈 멀쩡히 뜨고 약혼자를 먼 바다에서 온 자에게 빼앗기려 하는가? 그러고도 사나이라고 할 수 있는가?"

가슴에 불을 당긴 셈이었다. 신의 계시를 들은 투르누스의 가슴속에는 전쟁에 대한 피 끓는 욕망이 샘솟았다.

하지만 가만히 생각해보니 전쟁이라는 것은 보통 일이 아니었다. 피 끓는 욕망보다 더 큰 대가를 지불해야 했기 때문이다. 투르누스는 간신히 흥분을 가라앉혔다. 그리고 무엇보다도 친구가 원래 이런 이야기를 하는 사람이 아니었다는 사실을 깨달았다.

"여보게, 자네 왜 갑자기 나의 가슴에 불을 당기는가? 전쟁을 일으킨다는 것은 목숨을 걸어야 하는 일이야. 아무리 생각해도 얻는 것보단 잃는 게 더 많단 말이지."

투르누스의 가슴이 싸늘하게 식는 것을 보자 알렉토는 엄청나게 화가 치밀었다.

"이대로는 안 되겠구나! 나의 본모습을 보여주겠다!"

알렉토는 친구에서 순식간에 바뀌어 자신의 본래 모습으로 투르누스 앞에 나타났다.

"이런 멍청한 자 같으니라고. 나를 보아라! 내가 바로 누군 줄 아느냐? 너희들에게 죽음과 전쟁을 가져다 주는 신 알렉토다!"

시커먼 기운이 온통 방 안을 가득 채웠고 기괴한 형상의 알렉토를 보자 투르누스는 꿇어 엎드렸다.

"이대로 비겁하게 주저앉는단 말이냐? 어서 당장 가라!"

알렉토의 괴성은 투르누스는 이성을 잃게 만들었다. 온몸이 타오르는 것 같은 분노와 증오로 가득했다. 방에서 뛰쳐나와 투르누스는 온 궁궐이 떠나가도록 쩌렁쩌렁하게 소리를 질렀다.

"나의 명예를 짓밟다니 용서할 수 없다. 당장 내 무기를 가져와라!"

신의 계시를 받자 온몸이 뜨겁게 달아오른 투르누스는 자신의 군대에게 명령을 내렸다.

"우리의 라티누스 땅을 지키자. 신성한 우리 땅을 침범한 침략자들을 몰아내야 한다."

그의 명령에 따라 군사들이 모여들고 금방이라도 전쟁이 터질 듯한 분위기였다.

하지만 이 정도로 만족할 복수의 여신 알렉토가 아니었다.

"확실하게 불을 더 당겨야 해."

마지막으로 알렉토는 해안에서 사냥 중인 아이네이아스의 어린 아들인 이올로스를 찾아갔다.

"이올로스, 너의 아버지는 이 세상 최고의 용사란다. 너는 그의 아들임을 멋지게 증명해보이고 싶지 않니?"

"꼭 그렇게 하고 싶어요."

"그렇다면 너의 전투 능력을 보여줘라."

라티누스 왕에게는 길들인 숫사슴 한 마리가 있었다. 야생 사슴과 달리 사람을 친하게 여기고 다가와 풀이나 야채를 얻어먹는 아주 순한 동물이었다. 알렉토는 기다렸다는 듯 이올로스의 사냥개를 유인하여 라티누스 왕의 사슴 쪽으로 이끌었다.

"컹컹!"

사슴을 본 이올로스의 사냥개는 사납게 짖으며 자신의 주인 쪽으로 사슴을 몰아갔다. 본능에 의해 한 짓이었다. 개가 나타나자 깜짝 놀란 사슴은 냅다 뛰어 이올로스가 있는 쪽으로 다가갔다.

"저기 멋진 사슴이 나타났다. 실력을 보여줘봐라."

이올로스는 자신의 솜씨를 보여주고 싶은 마음에 앞뒤 가리지 않고 활시위를 당겼다. 화살은 멋지게 날아가 숫사슴의 심장에 꽂혔다. 피를 흘리며 쓰러진 숫사슴은 곧 죽어버렸다.

"하하! 나의 실력이 어떠냐?"

이올로스는 흐뭇했다. 하지만 이것은 곧 전쟁을 일으키는 촉발제가 되었다. 빠르게 소문이 퍼졌다.

"트로이아인들이 왕의 사슴을 죽였대."

"아이네이아스의 아들이 그랬다는군."

"그게 정말이야? 죄 없는 사슴을? 용서할 수 없군!"

그런 소문도 알렉토가 다니며 퍼뜨린 것이었다. 성 밖과 성안 사람들이 모두 격분하여 무기를 들고 일어났다.

"이올로스를 내놔라!"

"왕의 사슴을 죽인 건 우리를 죽인 거나 마찬가지다."

자기를 죽이겠다고 라티누스 사람들이 쳐들어오자 이올로스는 서둘러 도망쳤다.

"아버지! 살려주세요!"

이올로스는 가까스로 피신했다. 해안가에서 평화롭게 신도시를 건설하던 트로이아인들은 갑작스러운 사태에 당황했지만 이내 무장을 하고 이올로스를 보호했다. 해안 진지에서 쏟아져 나온 트로이아군과 라틴군의 긴장이 바야흐로 일촉즉발의 지경에 이르렀다. 양쪽 군대가 대치한 것을 보고 알렉토는 흡족해하면서 자신의 지하세계로 돌아가버렸다.

인근의 여러 곳에서 온 부족들은 먼저 라티누스 왕의 성을 겹겹이 에워쌌다. 이른바 무력 시위를 하는 거였다. 맨 앞에 나선 투르누스는 성벽 위에 대고 외쳤다.

"라티누스 왕이시여! 트로이아인들에게 전쟁을 선포하고 저들을 죽입시다. 그것만이 우리 라티누스를 구하는 길이오."

하지만 라티누스 왕은 성루에 나와 거부 의사를 밝혔다.

"안 된다. 신의 계시에 따라 나는 이미 아이네이아스를 사위로 받아들이기로 결정했다."

이를 보고 라티누스의 고집이 세다는 것을 알게 된 헤라는 전쟁의 문을 직접 열어버렸다.

"내 뜻은 전쟁이다! 어디서 인간이 감히 내 뜻을 거역하는가."

여신이 전쟁의 문을 열자 라티누스의 전사들이 속속들이 모여들었다. 들판을 까맣게 덮으며 그들은 각자의 지휘관 밑에서 전쟁 준비를 마쳤다.

무자비한 메젠티우스는 투르누스와 비교해도 빠지지 않는 멋진 아들인 라우수스를 데리고 전장에 나타났다. 그는 신을 증오하는 자였다. 게다가 헤라클레스의 아들인 아벤티누스와 아르고스 출신인 카틸루스, 그리고 용맹한 코라스 형제도 참전하였다. 그뿐만이 아니었다. 포세이돈의 아들인 메사포스와 사비나인들의 혈통을 물려받은 클라우수스도 군사들을 이끌고 왔다. 그리고 할라에수스도 1000명의 군사를 이끌고 쫓아왔다. 무기를 잘 만드는 우펜스와 오이발로스도 동참했다. 히폴리토스의 아내인 아이시아는 아들인 비르비오스까지 참전시켰다.

이들이 모두 모여서 들판을 가득 채우자 가장 기뻐한 자는 바로 투르누스였다. 그의 부근에는 수없이 많은 병사들이 떼 지어 서 있었고 티베리스 강둑에는 무장한 여러 군대들이 속속 집결하였다. 마지막으로 왕족이나 입을 수 있는 보라색 의상에 황금 핀으로 머리를 묶은 볼스키아의 여전사 카밀라*가 창을 들고 나타났다. 바야흐로 전쟁이 시작되려는 순간이었다. 젊은 전사들은 모처럼 자신의 용맹을 보여줄 기회에 가슴이 설레었다.

하지만 아이네이아스는 또 다시 싸워야 한다는 사실이 너무나도 고통스러웠다. 자신의 운명이 왜 이렇게 가혹한가 싶었던 것이다. 그는 별이 무심히 반짝이는 티베리스 강둑에서 괴로워하다 잠이 들었다. 그때 그에게 티베리스강의 신이 나타났다. 강물에서 올라온 신은 아이네이아스에게 위로를 전했다.

"트로이아인이여! 우리는 그대가 오기를 기다렸다. 이곳은 그대의 고향이 맞다. 전쟁을 두려워하지 마라."

"하지만 신들이 저주를 내리며 미워하고 있지 않습니까?"

"신들의 저주는 사라졌다. 사람들을 뽑아 아르카디아의 왕인 에반드로스의 도시를 향해 강을 거슬러 올라가도록 하라. 그들에게 도움을 청하라."

"그들이 우리 편이라는 것을 어찌 믿습니까?"

"아르카디아 사람들은 라틴인들과 틈만 나면 싸우는 자들이다. 적의 적은 나의 친구가 되는 법이니 기꺼이 그대 편이 될 것이다."

유일하게 전쟁에 나가 승리할 수 있는 방법을 말해주고 강의 신은 사라졌다. 아이네이아스는 해가 뜨자 잠에서 깨었다. 수적으로 열세인 상태에서 살길을 찾았기 때문에 그는 기뻐하며 뜨거운 감사의 기도를 올렸다. 그는 배 두 척을 준비해서 무장한 부하들과 노꾼들을 데리고 출발하였다. 길을 나서서 강변을 살펴보는데 예언한 장면들이 눈앞에 나타났다. 헬레노스가 예언한 그대로였다. 강변에 서 있는 털가시나무 아래 돼지우리에서 거대한 암퇘지가 새끼 서른 마리에게 젖을 먹이고 있었던 것이다.★

"아 저것이 바로 그 예언이다. 그럼 이 땅이 우리 이올로스가 도시를 세울 곳이라는 뜻이구나."

아이네이아스는 트로이아인들에 대한 헤라 여신의 박해가 더 이상은 이어지지 않고 이대로 끝나기를 바라며 기쁜 마음으로 그 돼지들을 붙잡아 제물로 바쳤다.

여기서 잠깐!!

그녀는 볼스키족의 왕 메타보스의 딸이야. 메타보스가 적들에게 쫓길 때 어린 딸과 함께했어. 그러다 강물에 가로막히자 자기의 창에 딸을 묶어 강 건너로 던졌다고 해. 그러면서 신에게 딸을 살려주면 딸을 바치겠다고 기도하고 창을 던진 거지. 그리고 자신은 헤엄쳐 건너가 딸과 함께 숲에서 살았어. 그래서 카밀라는 야생의 여전사가 된거야.

● ● ●

로마 건국 신화에서 돼지는 풍요와 번영의 상징이야. 아이네이아스가 라티움에 도착했을 때, 하얀 돼지와 서른 마리의 새끼 돼지를 발견한 건 그가 정착할 땅과 앞으로의 번영을 예언하는 신탁이었어. 새끼를 엄청나게 많이 낳은 돼지를 발견한 것은 아이네이아스에게 신의 축복과 지지를 의미해.

11

아이네이아스의 전쟁 여행

티베리스강의 신의 도움으로 아르카디아를 향해 강을 거슬러 올라가는 여정은 비교적 순탄했다. 배에 탄 전사들은 낯선 땅으로 가는 관계로 모두 긴장된 상태였다. 그들의 방패는 반짝였고 강을 거슬러 올라가는 뱃머리도 찬란하게 빛났다. 그렇게 열심히 노를 저어 한참 동안 상류로 올라가자 마침내 눈앞에 듬성듬성 집과 성벽이 보였다.

"이곳에 멈춰라!"

아이네이아스는 적당한 곳에 배를 대도록 명령했다. 자세히 정찰해 보니 그곳에 사는 사람들은 형편이 별로 여유롭지 못했다. 에반드로스 왕이 다스리는 가운데 소박하게 살고 있던 아르카디아* 사람들은 아이네이아스 일행이 상륙하자 경계 태세를 취했다. 싸우러 온 건지 평화를 위해 온 건지 알 수 없었기 때문이다. 때마침 왕은 숲속 빈터에서 원로회와 아들 팔라스가 지켜보는 가운데 위대한 헤라클레스에게 제사를 올리는 중이었다. 강을 거슬러 올라오는 큰 배들을 보고 이미 그들은 경계심을 풀고 있었다. 신들의 계시에 따른 손님이라 여겼던 것이다.

"제가 가서 물어보고 오겠습니다."

에반드로스의 아들인 젊은 왕자 팔라스가 활과 화살통을 어깨에 메고 아이네이아스 일행 앞을 막아섰다.

"그대들은 어느 나라 백성들이오? 전쟁을 원하오, 평화를 원하오?"

왕자의 눈은 호전적이지 않았다. 일단은 방문자들을 편견 없이 바라보는 태도가 호감을 불러일으켰다. 아이네이아스는 그 잘생긴 청년이 마음에 들었다. 그는 배의 갑판 뒷전에 서서 평화를 뜻하는 올리브 나뭇가지를 들고 대답했다.

"우리는 트로이아 사람들입니다. 라틴 사람들이 우릴 쫓아냈습니다. 그래서 새로운 땅을

여기서
잠깐!!

아르카디아는 그리스 펠로폰네소스 반도 중부에 위치한 지역이야. 고대 그리스에서 목가적이고 평화로운 이상향의 상징으로 여겨졌어. 동양의 무릉도원과도 비슷한 곳이야. 험준한 산맥과 깊은 숲이 가득한 아르카디아는 목동들과 사티로스, 요정들이 거주하는 자연적인 환경이야. 이곳에서 아이네이아스는 자신의 여정에서 만나는 많은 신적 인물들과의 연결돼. 이러한 신화적 요소 덕분에 아이네이아스는 단순한 영웅이 아니라 신들의 뜻을 수행하는 사명을 가진 존재로 성화되고 있어.

찾아와 에반드로스 왕을 만나고 싶습니다."

"저의 아버님이십니다."

"그럼 당신은 왕자님이시군요. 우리를 도와주십시오. 전쟁에 이기려면 왕의 도움이 필요합니다!"

팔라스는 기꺼이 앞으로 나섰다.

"제가 아버님에게 안내하겠습니다."

아이네이아스는 왕자의 안내로 배에서 내려 숲으로 향했다. 먼저 소식을 들은 에반드로스 왕은 기뻐하며 트로이아 사람들을 맞았다.

"어서 오시오. 나의 친애하는 트로이아 형제들이여. 나는 이전에 그대들의 왕을 만난 적이 있소."

에반드로스 왕은 오래전에 아르카디아를 방문했던 안키세스와 프리아모스 왕을 기억했다. 놀라운 일이었다.

아르카디아의 언덕 너머로 아침 햇살이 물들 무렵, 에반드로스는 호숫가를 거닐다 한 무리의 사절단이 오고 있음을 보았다. 선두에는 트로이아의 안키세스와 그의 친구 프리아모스 왕이 서 있었는데, 그들은 먼 길을 달려와 피곤한 기색이 역력했다. 에반드로스는 미소를 지으며 나아가 그들을 환영했다.

"트로이아의 용맹한 왕과 귀빈들이 이곳까지 와주시다니, 이 얼마나 큰 영광인가."

안키세스는 차분한 목소리로 인사를 건넸다.

"에반드로스 왕, 그대의 평화로운 땅과 따뜻한 환대에 감사를 드립니다."

프리아모스는 아르카디아의 풍경을 둘러보며 말했다.

"참으로 아름다운 곳이군요. 이곳은 마치 신들의 축복을 받은 듯합니다."

에반드로스는 겸손하게 고개를 끄덕이며 말했다.

"이곳의 평온함은 손님 덕분입니다. 함께 식사를 나누며 이야기를 듣고 싶군요."

그들은 천천히 성으로 향하며 서로의 이야기를 나누기 시작했다. 그들의 대화는 전쟁보다 평화에 대한 이야기로 가득했다. 에반드로스는 프리아모스에게 물었다.

"왜 멀리서 이곳까지 오셨나요?"

"신의 계시 때문입니다. 먼 훗날 이 땅이 우리 후손과 인연을 맺는다고 했소. 에반드로스 왕, 우리의 우정을 기억해주십시오."

그날, 아르카디아의 밤은 별빛으로 빛났고, 에반드로스는 그들과 함께 서로의 결속과 평화를 약속하며 깊은 우정을 쌓았다.

"저희를 우호적으로 대해주셔서 감사할 따름입니다."

왕은 손님들과 아르카디아 사람들이 함께 즐길 수 있도록 잔치를 준비하라고 명했다. 숲속의 잔디밭은 금세 연회장으로 변했다. 그리고 제사 음식은 만찬에 사용되었다.

"왕이시여. 당신에게 도움을 청하려 합니다. 대가로 제 목숨을 원하시면 기꺼이 바치겠습니다."

"정말 절실한 부탁인 모양이오."

"라틴인들과 다른 부족들이 합세해서 저를 몰아내려 합니다. 새로운 트로이아를 만들려고 신의 뜻을 따라온 저를 말입니다. 그래서 당신에게 도움을 요청합니다. 저희를 도와주시면 그 은혜는 절대로 잊지 않겠습니다."

왕은 아이네이아스와 함께 단풍나무로 만든 의자 위에 사자 가죽을 깔고 앉아 대화를 나누며 과거를 회상했다.

"그대들의 왕이 이곳에 왔을 때 나는 아직 어린애였소. 당신의 아버지인 안키세스도 함께 왔지요. 내가 존경할 만한 영웅이었소. 내가 따라다니자 황금 화살통도 선물로 주었소. 그 화살통은 우리 아들이 지금도 간직하고 있다오."

아이네이아스는 아버지가 오래전에 선물했다는 팔라스 왕자의 화살통을 만져보았다. 아버지의 체온이 느껴지는 듯했다. 저승의 아버지가 자신을 돕는다는 생각이 들었다.

"안키세스와 나의 인연을 생각하니 이것도 신의 뜻인 듯하오. 이제 우리 서로 동맹을 맺읍시다. 힘껏 도와주겠소."

아이네이아스의 고민은 단번에 해결되었다. 함께 축배를 들고 나서 그가 물었다.

"헤라클레스에게 제물을 바치게 된 사연은 무엇입니까?"

왕은 과거의 사연을 털어놓았다.

"우리를 구해준 분이 바로 헤라클레스지요. 더러운 괴물 카쿠스* 때문에 고생하던 때가 있었습니다. 저기 바위 사이로 입을 벌리고 있는 검은 동굴이 보이지요?"

"네, 잘 보입니다."

"저 안에 그 괴물이 살았지요. 카쿠스는 반은 사람이고 반은 괴물인 자입니다. 얼마나 덩치가 큰지 걸어 다니면 땅이 쿵쿵 울렸소. 입에서는 시커먼 연기와 불꽃이 뿜어져 나오고 가축이건 사람이건 닥치는 대로 잡아다 죽이고 먹어치웠소. 동굴 입구에는 하얗게 썩어 가는 사람들의 머리가 매달려 있었소. 그 안에는 괴물의 손에 죽은 사람들의 피가 절벅절벅했다오."

"그 괴물은 도대체 어디에서 온 겁니까?"

"카쿠스의 아버지가 바로 대장장이의 신인 헤파이스토스라오. 그래서 가끔 집에서 나와서는 시커먼 불꽃을 입으로 내뿜는다오. 우리가 얼마나 오랫동안 그에게 당하고 살았는지 모르겠소."

"그럼 그 괴물을……."

"위대한 헤라클레스가 처치했소."

당시 헤라클레스는 소 떼를 몰고 부근을 지나가고 있었다. 카쿠스는 잘생긴 소를 보자 동굴에서 기어 나와 수소 네 마리와 암소 네 마리를 훔쳤다. 그리고 발자국을 보고 따라오지 못하도록 일부러 꼬리를 잡고 뒷걸음질을 쳐

여기서 잠깐!!

로마의 신이라고도 해. 불카누스의 아들이라고도 하고 헤파이스토스의 아들이라고도 하는데 에벤티누스의 언덕 동굴에 살고 있다가 헤라클레스를 만났지. 헤라클레스가 게리오네우스의 소를 빼앗아 돌아올 때 카쿠스가 그의 소를 훔쳐 동굴에 숨겼지. 머리가 세 개인 카쿠스가 불을 뿜으며 저항했지만 헤라클레스를 이길 수는 없었어.

서 가게 했다. 천하의 헤라클레스지만 거꾸로 난 발자국을 보고 소를 찾을 수는 없는 노릇이었다. 그런데 암소 한 마리가 산 밑에 있던 소 떼의 울음소리를 듣고는 카쿠스가 숨긴 곳에서 크게 울어 대답한 것이다.

"앗, 내 소를 어떤 놈이 훔쳐 갔나 했더니 바로 여기 있구나."

헤라클레스는 화가 머리끝까지 치밀어 올라 올리브나무 몽둥이를 집어 들었다. 그리고 단숨에 절벽을 올라갔다. 이걸 본 카쿠스는 난생 처음 두려움에 떨었다. 악인들에게는 강자를 알아보는 본능적인 안목이 있었다. 그것만이 자신을 지켜줄 수 있기 때문이다.

"아, 어서 도망쳐야겠다."

두려움에 떨던 카쿠스는 동굴로 황급히 들어간 다음 헤파이스토스의 기술로 만든 쇠사슬 달린 커다란 바위로 입구를 막았다. 이것은 왕과 백성들이 난생 처음 보는 믿을 수 없는 장면이었다.

"헤라클레스! 힘내세요!"

"우리를 위해 저 괴물을 처치해주세요!"

사람들의 응원에 힘입어 헤라클레스가 세 번이나 그 바위를 움직이려고 애썼다. 그러나 신이 만든 장치였기 때문에 천하의 헤라클레스가 흔들었지만 꿈쩍도 하지 않았다. 분노와 화를 못 이겨 헤라클레스는 세 차례나 아벤티누스 언덕을 서성거렸고, 문을 여느라 온 힘을 써서 세 차례나 계곡으로 미끄러져 떨어지기도 했다.

"이놈을 어쩐다!"

헤라클레스는 정공법으로는 안된다는 걸 깨닫고는 카쿠스의 동굴 위에 있는 산등성이로 올라갔다. 산등성이의 거대한 바위가 동굴을 지붕처럼 덮고 있는 게 눈에 띄었다. 한마디로 큰 바위가 있는 밑의 동굴에 카쿠스가 굴을 파고 들어앉아 있었던 것이다.

"옳거니. 이 바위는 신의 손길이 닿지 않는 것이로구나."

헤라클레스는 높은 뾰족 바위에 등을 대고 힘쓰기 시작했다. 온몸의 근육이 돌덩이처럼 단단해졌다.

"끙!"

헤라클레스는 허벅지와 등의 근육에 힘을 더 실었다. 꼼짝도 하지 않던 바위는 조금씩 흔들렸다. 마침내 헐렁거리며 바위가 조금씩 움직이자 헤라클레스는 바위를 쑤욱 뽑더니 계곡 아래로 던져버렸다. 카쿠스의 은신처였던 동굴의 지붕이 날아가버린 셈이었다. 어두컴컴한 동굴로 빛이 쏟아져 들었다. 바로 그 안에 카쿠스가 숨어 있었다.

"캬오!"

카쿠스는 흉측한 입으로 검은 연기를 토해내면서 울부짖었다. 밝은 빛이 쏟아져 들어갔기 때문이다.

"네 이놈. 감히 내 소를 훔쳐? 그 소가 어떤 소인 줄 알기나 아느냐!"

헤라클레스는 카쿠스의 머리 위로 바위와 나무를 뽑아 마구 집어 던졌다. 그래도 카쿠스가 이리저리 피하자 도저히 못 참겠던지 괴물 위로 뛰어내렸다. 피와 기름으로 바닥이 질퍽대는 동굴에서 헤라클레스는 카쿠스에게 달려들어 목을 졸랐다.

"어디 한번 힘써봐라!"

무시무시한 괴력으로 목을 조르자 카쿠스는 눈이 튀어나오고 핏줄이 터졌다. 한참 동안 목을 조르자 마침내 카쿠스는 온몸의 구멍에서 피를 쏟다가 죽고 말았다. 자신이 잡아먹은 가축과 사람의 핏물에 자신의 피를 더하고 쓰러져버린 것이다.

"우리는 그렇게 괴물의 횡포로부터 벗어날 수 있었답니다."

에반드로스 왕의 긴 이야기가 끝났다.

"아, 말로만 듣던 그 헤라클레스의 은혜를 크게 입었군요."

"그래서 해마다 이날 헤라클레스 님께 감사드리는 제사를 이렇게 올리는 것이지요."

제사가 다 끝나자 에반드로스 왕은 손님들을 성안으로 데리고 들어가면서 말했다.

"옛날에 이 숲속에는 사티로스*들과 요정들, 그리고 떡갈나무가 빽빽한 숲에서 태어난 백성들이 살았다오. 숲의 백성은 열매를 모으고 사냥하면서 살았는데 예의범절 같은 것은 하나도 몰랐다오. 농사를 지을 줄도 모르고 한곳에 머물러 도시를 세울 줄도 몰랐소. 그때 크로노스 신이 제우스 신의 화를 피해 이곳으로 오게 되었다오. 신은 거의 짐승 같은 이곳 사람들을 모아놓고 질서 있게 살 수 있도록 법을 만들고, 한동안 평화롭게 다스렸다오."

그러나 황금기가 지나고 사람들이 서서히 돈에 눈이 멀기 시작하더니 욕심이 커지면서 전쟁을 갈망하는 시대가 되었다. 아우소니아인들과 시카니아인이 쳐들어오면서 크로노스 신이 내린 라티움이라는 이름까지 잃어버렸다.

"바로 그 혼란기에 우리 모두의 삶을 굽어보시는 행운과 운명의 여신들이 저를 이리로 데려오셨지요.”

에반드로스 왕은 이 땅의 역사에 대해 이런
저런 이야기를 하며 일행을 데리고 숲과 박석
고개를 넘어갔다. 아르카디아의 땅은 위대한
미래를 약속하듯 아이네이아스를 부드럽게
감싸주는 것만 같았다. 바로 그곳에 미래의 로
마가 세워질 것이었기 때문이다.

에반드로스의 어머니는 요정 카르멘티스였
다. 그녀의 이름을 딴 카르멘티스의 대문에는
아이네이아스의 후예들이 이룰 영광을 미리
보여주고 있었다. 대문에 새긴 조각들은 모두
그 예언을 형상화하고 있었기 때문이다. 로물
루스가 나중에 도피성을 세울 터도 그곳에 기
록되어 있었다. 이 땅은 훗날 대로마제국의 터
전이 될 곳이었기 때문이다.★

“이곳은 신의 기운이 넘치는 땅입니다.”

“그걸 어찌 알 수 있습니까?”

“성 밖에 사는 사람들이 방패를 휘두르며
비구름을 몰고 다니는 제우스 신을 본 적도
있다고 합니다. 그리고 이곳이 얼마나 좋으면
오래전부터 폐허가 된 도시도 있소. 하나는 크
로노스 신께서, 다른 하나는 두 얼굴의 야누스

여기서
잠깐!!

자연 속에 살고 있는 마귀 혹은 마신
이야. 이들은 반인반수들인 경우가
많고 디오니소스 축제에 참여하는
존재이기도 해. 시간이 흐르면서 괴
수 같던 존재들이 서서히 인간과 비
슷해지고 말지.

● ● ●

로물루스가 캄피돌리오 언덕에 '아
실 룸'이라는 도피성을 만들어 외부
에서 피신해 온 사람들과 노예들, 심
지어 범죄자들까지 수용한 것이 대
표적 사례야.

신께서 세운 곳이라오."

이윽고 일행은 에반드로스의 소박한 궁에 이르렀다.

"이곳은 트로이아와 비교할 수 없는 초라한 곳이오. 우리는 가난하게 살았고, 여전히 가난하오. 하지만 우리를 업신여기지는 마시오."

"그게 무슨 말씀이십니까? 그럴 리가 있나요."

아이네이아스와 일행은 일제히 신이 보여주는 환상을 보고 있었다. 앞으로 이곳에 세울 엄청난 번영의 세상이 안개 너머로 보이는 것 같았다. 소 떼가 음메 하며 울고 있는 곳에 바로 로마의 광장이 서게 될 터였다. 그것을 보지 못하는 에반드로스가 말했다.

"초라하지만 이 집은 헤라클레스도 다녀간 곳이오."

괴물을 죽인 뒤 헤라클레스는 이곳에 들러 환대를 받았다. 집 안에는 소박한 침대가 놓여 있었다. 나뭇잎을 푹신하게 깔고 그 위에 곰 가죽을 깐 잠자리였다. 아이네이아스는 침대에 누워 바로 잠이 들었다. 일행들은 모두 이 집 저 집에 나누어 편안하게 쉴 수 있었다. 하지만 이때도 아이네이아스의 어머니인 아프로디테 여신은 어떻게 하면 아들을 지킬 수 있을까 고심하고 있었다.

다음 날 새소리가 울려 퍼질 때 마을 사람들은 모두 일어났다. 에반드로스는 트로이아 사람들에게 동맹을 약속했다.

"위대한 아이네이아스여, 운명의 신들은 그대 편에 있소. 그대는 신들로부터 선택받은 사람이 분명하오. 그래서 이 전쟁에서는 트로이아인들이 반드시 이기게 되어 있소이다. 트로이아라는 이름은 영원할 것이오. 어서 싸우러 가시오."

"고맙습니다."

에반드로스는 사세 판단이 빨랐다. 신들이 밀어주는 용사의 편에 서야 함을 직감했다.

"내 아들 팔라스와 엄선한 기병 400명★을 보내겠소. 에트루리아 사람들도 그대에게 협조할 거요."

"왕께서 이렇게 저를 돕는 이유는 무엇입니까?"

"그동안 그들도 투르누스의 친구인 무자비한 메젠티우스★로부터 핍박받았소. 이제 그들을 타도할 때가 되었기 때문이오."

이를 지켜보던 올림포스산의 아프로디테 여신은 만족했다. 아들에게 천군만마가 생겼기 때문이다. 그녀는 흡족한 표시로 신호를 보냈다.

쿠쿠쿵!

맑은 하늘에 구름이 모이더니 갑자기 천둥벼락이 내리쳤다. 아이네이아스는 단번에 깨달았다.

"어머니 아프로디테 여신께서 보내는 신호다. 아우소니아인들은 평화를 먼저 깼다. 그로 인해 이제부터 벌어지는 모든 일들의 책임은

여기서 잠깐!!

여기서 기병 400명이 갔다는 게 별거 아닌 것 같지만 오늘날 기준으로 보면 어마어마한 지원이었어. 고대 도시국가에서는 기병 하나를 유지하려면 일단 말의 구매비용과 유지비가 들어. 먹이로 건초와 보리 등이 필요하고 돌보는 사람도 한 두명 있어야 해. 게다가 무기와 장비로 창, 검, 갑옷, 방패, 마구 등이 있어야 하는데 이게 아주 비싸고 정기적으로 수리하거나 교체해야 해. 뿐만 아니라 훈련과 준비에도 큰 비용이 들어. 어디 그뿐이야? 전쟁에 나가면 장비와 말의 소모가 커서 추가 보충이 엄청나게 필요해. 그러니 기병은 귀족이나 부유한 계층이 담당할 수밖에 없어.

● ● ●

에트루리아의 왕으로서 카이레를 통치했다고 해. 아이네이아스의 맞상대야. 정치를 잘 못해서 신하들에게 쫓겨난 그는 투르누스에게 피신한 처지의 신세야.

그들이 져야 할 것이다. 투르누스는 마땅한 벌을 받아야 한다."

"만세! 만세!"

두 종족은 너나 할 것 없이 만세를 외쳤다. 이로써 동맹이 맺어졌다. 아이네이아스는 동료들을 강 하류로 먼저 보냈다.

"그대들은 트로이아 진영으로 가서 내가 아르카디아와 손잡았다는 소식을 알리도록 하라!"

그들이 먼저 길을 떠나자 아이네이아스는 심복 몇 사람을 데리고 에트루리아 사람들에게 가기로 했다. 에반드로스 왕은 아이네이아스와 함께하기로 한 팔라스 왕자를 꼭 껴안았다.

"사랑하는 아들아, 신들의 가호가 함께하길."

"아버지, 꼭 공을 세우고 돌아오겠습니다."

"신께서 지켜주실 게다. 살아서 다시 만나길 바란다."

늙고 쇠약한 왕은 이 말을 마치고 탈진해서 침실로 돌아갔다.

트로이아의 전사들은 당당한 팔라스와 함께 기세등등하게 성문을 나섰다.

한참을 달린 뒤 그들은 강가에서 휴식을 취했다. 말은 계속 달릴 수 있는 동물이 아니었기 때문이다.

"말들을 푹 쉬게 해라!"

아이네이아스는 저만치 떨어져 앞으로의 운명을 고민하고 있었다. 그가 저만치에서 서성일 때 아프로디테 여신이 모습을 드러냈다.

"아들아."

"어머니! 이제야 모습을 보이십니까? 전 죽을 각오로 일전을 준비하고 있습니다."

"나도 바빴다. 내 얘기를 들어보아라."

전날 밤 아프로디테는 신들의 대장장이인 남편 헤파이스토스를 찾아갔다.

"여보, 그간 잘 지냈나요?"

아프로디테는 애교를 부리며 하얀 팔로 남편을 감싸 안았다. 헤파이스토스는 기분이 날아갈 것만 같았다.

"어쩐 일이오?"

"당신 기술로 내 아들에게 선물을 하나 주고 싶어요."

"선물이라니?"

"아이네이아스가 이제 새 나라를 세우려고 하잖아요. 그에게 튼튼한 갑옷을 하나 만들어주세요."

신들 가운데 가장 아름다운 아내가 작정하고 유혹하며 애원했다. 아름다운 아내를 위해서라면 뭐든 해주는 헤파이스토스는 그날 밤 뜨거운 사랑을 나누었다.

"이제 일어나서 대장간에 가봐야겠어."

헤파이스토스는 다음 날 아침 키클롭스들을 찾아 나섰다. 그들은 자신의 일을 맡기는 일꾼들이었기 때문이다.

시켈리아의 해안에서 조금 떨어진 곳에 연기를 내뿜는 바위섬이 하나 있다. 겉에서 보면 활화산 같지만 그 섬에는 키클롭스의 대장간이 자리 잡고 있었다. 어마어마한 크기의 동굴에 들어서면 쇠를 다루는 망치 소리가 쩌렁쩌렁 울렸다. 아궁이에서는 불길이 뿜어져 나왔고, 빨갛

게 달궈진 금속 덩어리들은 담금질을 위해 물에 들어가면서 김을 내뿜었다.

"너희들은 모두 하던 일을 멈추어라!"

헤파이스토스가 이곳에 모습을 나타냈다. 키클롭스들은 모처럼 나타난 대장 신을 바라보며 하나뿐인 눈을 꿈뻑거렸다.

"급하게 너희들이 해야 할 일이 있다. 영웅에게 걸맞은 갑옷과 무기를 만들어라."

헤파이스토스는 키클롭스들에게 최고의 재료를 꺼내다주고 각자 만들 물건을 지시했다. 그러면서 잊지 않고 명령했다.

"아이네이아스는 새로운 나라를 만들어야 한다. 그가 만들 나라의 미래와 그 영광, 그리고 훗날 태어날 영웅들의 이야기를 예언처럼 방패에 새겨라!"

헤파이스토스가 분주하게 지시하는 걸 지켜보던 아프로디테는 마침내 키클롭스들이 모든 과업을 끝내서 갑옷과 각종 무기 등을 만들어 오자 그것을 덥석 집어 들고 아들에게로 날아왔다.

"내가 너에게 약속한 선물이 바로 이거다."

아프로디테가 건넨 선물은 휘황찬란했다. 화려하게 장식한 투구와 삶과 죽음을 가르는 칼, 시커먼 청동으로 된 가슴받이와 번쩍번쩍 빛나도록 닦은 무릎 받이 그리고 그중 가장 화려한 것은 방패였다. 불의 신 헤파이스토스의 명에 따라 표면에 로마의 위대한 미래를 새겨놓았다. 그 위에는 승승장구하는 로마의 모습과 어린 이울로스가 낳은 자손들이 순서대로 새겨져 있었다. 로물루스와 레무스를 키운 어미 늑대가 쌍둥이 형제에게 젖을 물린 채 누워 있는 모습도 있었다. 왕들이 신전에 제물을 바치는 광경도 보였다. 이 밖에도 로마의 수백 년 역사가 미리 예언으로 새겨져 있었지만 아이네이아스는 그 의미를 알 수 없었다.★

"감사합니다. 어머니 여신이시여."

아이네이아스는 무릎을 꿇고 방패를 받아 들었다. 신이 만든 물건이어서인지 하나도 무겁게 느껴지지 않는 걸작이었다. 아이네이아스는 이로써 트로이아인들의 미래를 어깨에 짊어지게 된 것이다.

여기서 잠깐!!

베르길리우스의 원작에 보면 이 방패에 대한 묘사가 아주 길게 그리고 아주 지루하게 이어져. 이건 마치 우리 이야기로 따지면 고구려의 위대한 영웅과 역사를 방패에 새겨 넣었다면서 하나하나 짚어주는 것과 같아. 하지만 우리에게 자랑스러울 고구려의 역사지만 유럽인에게 관심이 없듯 라티누스 인들에게 자랑스러울 역사는 우리에게 큰 의미가 없어. 그래서 간략하게 서술하고 말았어.

12

불리한 싸움

트로이아인들은 아직 전쟁을 벌이지 않고 해안 지역에 남아 있는 상태였다. 어느덧 청년이 된 이올로스도 그들과 함께 아버지가 돌아오기만을 기다리고 있었다. 아직 정식으로 전쟁을 선포하지 않았기에 양쪽 군들은 서로 대치하고 있었던 것이다. 여기에는 투르누스가 상대를 두려워한 것도 한 이유가 되었다. 트로이아 병력의 소문을 너무 많이 들었기 때문이다. 아무리 연합군이 모여들고 있다고 해도 그는 싸움에 나설 자신이 없었다. 그래서 주변에 사람을 보내 군사를 보내달라고 요청했고 디오메데스의 군대도 오길 기다렸다.

이걸 지켜본 헤라는 다시 한번 자신이 나서야 할 때라고 생각했다.

그래서 이리스에게 무지개를 타고 가서 투르누스에게 용기를 북돋아 주라고 명령을 내렸다. 투르누스는 이때 라틴 연합군의 대장이 되어 있었다. 이리스가 다가가 그의 귀에 대고 속삭였다.

"투르누스! 지금이 기회야. 아이네이아스가 원군을 요청하러 자기 진영을 벗어났다. 빨리 트로이아를 공격해라. 지금 지도자도 없지 않은가. 기회를 놓치면 후회할 것이야."

"맞는 말이다!"

투르누스는 정식으로 전쟁 선포를 하기 전에 우선 싸움을 시작해야 겠다고 생각했다. 방어 태세만 갖추고 있던 트로이아인들의 눈에 가장 두려워하던 일이 벌어지고 말았다. 적진의 군사들이 들판을 가로지르며 구름떼처럼 몰려오고 있었기 때문이다. 처음엔 그것이 먼지구름인 줄로만 알았다. 하지만 이내 말발굽 소리와 함께 함성과 병장기 부딪히는 소리가 들리자 기겁을 했다.

"적이 쳐들어온다! 저들이 기어이 우리를 죽이러 온다!"

트로이아의 병사들은 모두 창을 부여잡은 채로 긴장하고 있었다. 적들은 수적으로 우세했기에 전차와 말 그리고 기병과 보병들이 이내 트로이아인들의 진지를 몇 겹으로 감쌌다. 투르누스는 말 위에 우뚝 솟은 자세로 싸움을 독려했다.

"저들을 짓밟아버려라! 바다에 밀어버려도 좋다!"

총공격이 감행되었다. 진지 위로 창과 화살이 비 오듯 쏟아졌다. 그러나 아이네이아스는 떠나면서 당부해놓은 것이 있었다.

"불리한 공격은 절대 하지 말고 방어만 하라! 방어 상태를 깨려고 공격하는 자는 몇 배로 힘이 드는 법이다!"

아이네이아스의 명령대로 그들은 단호하게 진지를 지키며 조금도 나설 생각을 하지 않았다. 맞서 싸우기를 기다렸지만 나오지 않고 웅크리고 있는 트로이아인들을 보자 초조해진 투르누스는 진지 앞을 왔다갔다 하며 외쳤다.

"안 되겠다. 저자들은 싸울 의사가 전혀 없는 비겁한 자들이다. 어서 그들의 배에 불을 질러라!"

라틴군은 횃불을 들고 트로이아인들이 비워놓은 배를 향해 달려갔다. 배를 불태움으로써 적들의 퇴로를 끊으려는 생각이었다.

"배가 불타면 우리는 더 이상 물러날 곳이 없다. 어쩌면 좋겠는가?"

이미 여인들이 배를 한번 불태웠던 적이 있었기 때문에 또다시 배가 불타 없어진다는 것은 트로이아 남자들에겐 곧 죽음이나 마찬가지였기 때문이다.

하지만 이때 올림포스산의 제우스가 보다 못해 나섰다. 겁먹은 트로이아 병사들의 마음속에 자신의 생각을 주입했다.

"두려워하지 말라. 배는 내가 보호할 것이다. 너희들을 위하여 배를 풀어주겠다."

그 순간 제우스의 한마디에 단단히 묶어놓았던 배들의 끈이 풀리더니 그대로 물속으로 가라앉아버렸다. 바다 밑 깊은 곳으로 가라앉은 배들은 바다의 요정들이 다시 바닷물 위로 올려다 놓았다. 눈앞에서 믿을 수 없는 광경이 벌어지자 투르누스군은 모두 두려워했다. 신의 계시인 것 같았기 때문이다. 하지만 투르누스는 두려워하지 않았다.

"걱정하지 마라! 저들이 이미 패했다는 것을 신들이 보여주는 증거다. 트로이아 진영을 포위하고 기다리면 저들은 굶어 죽게될 것이다. 시간은 우리의 편이다."

밤이 되자 트로이아의 진영은 라틴 군사들이 은하수처럼 피워놓은 모닥불로 인해 둥글게 포위되고 말았다. 트로이아 병사들은 취약한 곳을 지키기 위해 교대로 보초를 섰다. 지휘관들은 진지 한가운데 모여서 다급하게 상황을 논의하였다.

"어찌하면 좋겠는가?"

"아이네이아스 부대를 빨리 돌아오도록 해야 하오."

"이 사실을 알려야 합니다."

이들이 대책을 강구하고 있을 때 니소스와 절친인 에우리알로스가 달려왔다. 그들은 하고 싶은 말이 있었던 것이다.

"저희들에게 생각이 있습니다. 말씀을 올려도 되겠습니까?"

그러자 이올로스가 허락했다.

"무슨 말인지 해 보세요."

"적들은 수적으로 우세하다고 생각했는지 우리를 포위한 뒤 대부분 잠을 자고 있습니다. 모닥불은 피워놓았지만 보초가 허술한 곳이 있을 것입니다. 내가 어둠 속을 뚫고 가서 아이네이아스 왕과 우리 일행들을 찾아오겠소이다."

"그게 얼마나 무모한 작전인지 모르는가? 이렇게 많은 군사들이 에워싸고 있는데 저 사이를 뚫고 간다고?"

두 젊은이의 계획에 지휘관들은 고개를 저었다. 잘못해서 섣불리 잡히면 병력만 잃을 뿐이었기 때문이다. 그때 지혜로운 노인 알레테스★가 앞으로 나서며 말했다.

"어서 가도록 하십시오. 적들과의 싸움을 앞두고 저런 용기는 칭찬해줘야지 막을 일이 아닙니다."

그러자 이올로스도 나섰다.

"두 분께 우리의 미래가 달렸습니다. 아버지를 꼭 모시고 와주세요. 우리가 승리한다면 큰 상을 내리겠어요. 저 건방진 투르누스의 투구와 방패와 깃발 그리고 말과 칼을 모두 다 드릴 테니 꼭 목적을 달성하고 오세요. 오늘 이후로 그대들과 나는 친구가 될 것입니다."

결국 그들 두 사람을 보내는 것으로 결정되었다.

"우리는 이번 임무에서 죽을지도 몰라."

니소스의 말에 에우리알로스가 말했다.

"자네가 죽으면 누가 땅에 묻어준단 말인가. 나밖에 없잖아. 내가 같이 가야 하네. 자네가 위험에 빠져 죽었다고 자네 어머니에게 내가 소식을 전할 수는 없지 않나? 나는 자네와 함께 가야 해."

"고맙네. 친구. 그럼 같이 가세."

대장들은 소리 없이 트로이아 진영의 입구까지 그들을 배웅해주었다. 둘은 어둠 속으로 미끄러져 들어갔다. 그들은 소리 없이 도랑을 건넜고 잠에 취해서 들판 여기저기에서 잠자고 있는 라틴 병사들 사이를 조심스럽게 빠져나갔다. 어두운 곳으로만 움직이는 그들은 보이지도 않았고 움직이는 소리도 들리지 않았다. 널브러져 잠자고 있는 적군들을 보자 두 사람은 자신들의 사명도 잊고 칼로 모두 다 찔러 죽이고 싶은 마음이 들었다.

"이참에 저자들을 모두 죽여버리자."

"그거 좋은 생각이야."

리소스가 먼저 칼을 휘둘렀다. 고급스러운 융단 위에서 코를 골고 있는 풍채 좋은 자가 있었다. 이왕 죽일 거면 신분이 높아 보이는 자를 죽여야 할 것 같았다. 칼을 든 그는 번개처럼 목을 쳤다.

"끅!"

소리 한 번 내지 못하고 불귀의 객이 되고 만 자는 바로 람네스 왕이었다. 이윽고 그의 시종들도 모두 죽어서 머리가 잔디 위를 나뒹굴었다. 그 뒤로도 많은 적군 장군들과 귀족을 차례로 죽였다. 모닥불 주위가 그들이 흘린 피로 흥건했다.

이때 이상한 기세에 로이토스가 잠에서 깨어 일어나 앉았지만 눈 앞에서 벌어지는 끔찍한 장면이 무슨 일인가 하고 멍하니 넋을 놓고 있다가 도망치기 시작했다. 에우리알로스는 그를 쫓아가 가슴에 칼을 찔러 넣었다.

"어딜 도망가느냐!"

그때 리소스가 달려와 에우리알로스를 말

여기서
잠깐!!

히포테스의 아들이며 헤라클레스의 증손자야. 방랑자라는 이름의 뜻 대로 이곳 저곳을 떠돌아 다니며 산전수전 다 겪었어. 여러 번 전쟁에도 나갔지만 자주 패하면서 지혜를 얻게 되었지.

렸다.

"에우리알로스, 우리에게는 할 일이 있으니 그만하고 빨리 가자!"

그들이 시간을 지체하는 동안 일이 벌어졌다. 정찰병으로 나갔던 볼켄스가 기병들과 함께 돌아온 것이다. 상황을 보고하던 그들은 에우리알로스의 투구에서 달빛이 반짝이는 것을 보고 외쳤다.

"누구냐? 어떤 놈들이냐?"

"들켰다."

발각되었다는 것을 알자 두 사람은 숲으로 달려갔다. 적의 기병들이 말을 타고 그들을 쫓아왔다. 달리는 사람이 말을 이길 수는 없는 법이었다. 라틴군은 퇴로를 모두 막아버렸다. 리소스와 에우리알로스는 흩어져서 서로의 위치를 확인할 수 없었다. 하지만 니소스는 어둠 속에 몸을 숨겨 숲속으로 더 깊이 들어갔다. 잠시 후 적진에서 함성 소리가 울려 퍼졌다.

"잡았다. 만세."

에우리알로스가 미처 빠져나오지 못하고 잡힌 것 같았다. 우정을 맹세한 에우리알로스가 잡혀 곧 죽음을 당할 것을 생각하자 니소스는 이성을 잃고 자신의 임무도 잊어버렸다. 그대로 다시 소리 나는 쪽으로 달려가더니 가장 맨 앞에 있는 볼켄스의 부하에게 창을 던져 명중시켰다. 그러자 볼켄스가 칼을 뽑아들고 에우리알로스에게 접근했다. 에우리알로스를 죽이려 하는 순간이었다. 아직 잡히지 않고 숨어 있던 니소스가 정체를 드러내며 말했다.

"내가 여기 있다. 나랑 붙자!"

니소스는 창을 날려 적병 하나를 단숨에 쓰러뜨렸다. 이를 보고 분노에 찬 볼켄스는 에우리알로스의 가슴에 칼을 꽂았다. 그 다음 니소스를 상대하려고 몸을 돌리는 순간 두 사람은 결투를 벌였다. 이윽고 서로에게 치명상을 입힌 뒤 모두 다 쓰러졌다. 진영에는 온통 피가 흐르고 있었다.

어느덧 새벽 햇살이 비추었고 마차 한 대가 트로이아인들의 방어 진지 앞까지 다가왔다. 마차에 꽂은 창에는 니소스와 에우리알로스의 머리가 꽂혀 있었다.

"네놈들이 간사하게 우리를 속이려 했지만, 보라, 이 꼴이 된다."

이를 본 트로이아인들은 슬프게 통곡했다.

"흑흑! 우리의 니소스와 에우리알로스가 죽다니."

모두 큰소리를 내어 엉엉 울었다. 하지만 계속 슬퍼하고 있을 수만은 없었다. 적들이 기세를 몰아 계속 공격을 시작했기 때문이다.

"기세를 몰아라! 저자들은 모두 두려워하고 있다. 슬픔에 빠진 저들을 모두 죽여라!"

볼스키아 병사들이 선두가 되었다. 화살이나 창을 막으려고 머리 위로 방패를 들어 올린 채 그들은 진영을 부수고 쳐들어왔다. 그러자 진지 위에서 트로이아 병사들은 돌덩이를 비오듯이 내려 퍼부었다. 볼스키아 병사들은 방패로 간신히 돌멩이를 막아냈다.

그러자 한쪽에서는 또다시 메젠티우스가 불꽃을 피워 올리며 화공을 시작했다. 메사포스는 진지 벽을 오르기 위해 명령을 내렸다.

"사다리를 가져와라!"

그사이에 투르누스는 공격을 이끌면서 방어 진지인 누각에 횃불을 집어 던졌다. 이내 누각에 불이 붙어 쓰러져 내리자 수비대도 함께 무너졌다. 라틴 병사와 트로이아 병사들은 육탄전을 벌였다.

"죽어라!"

비명과 칼싸움 소리가 사방에 난무했다. 이때 이올로스는 투르누스의 친척인 레뮬루스가 조롱하는 소리를 들었다.

"어린 왕자는 어디 있는가? 네놈은 싸우지는 못하고 뒤에 숨어 있는 게냐? 무서워서 오줌 싸는 건 아니겠지? 으하하하!"

다혈질인 이올로스는 참을 수가 없었다. 아직 그가 나이는 어리지만 활 솜씨만큼은 누구에게도 뒤지지 않았기 때문이다. 그는 즉시 활을 들어 레뮬루스가 더 이상 입을 놀리지 못하도록 그의 가슴에 화살을 관통시켰다.

이때 아폴론 신이 이올로스의 모습을 지켜보았다. 흥분해서 사람을 죽인 뒤 이올로스는 또 다른 희생자를 찾기 위해 칼을 들고 싸움터에 뛰어들려고 했던 것이다. 그랬다면 이올로스는 이내 죽음을 맞이할 수밖에 없는 신세였다. 그건 올림포스의 신들이 예언한 길이 아니었다. 아폴론은 이올로스를 막아야 했다. 재빨리 트로이아의 원로대신인 두테스의 모습으로 변신하여 이올로스에게 내려가 말했다.

"왕자님 그 정도면 됐습니다. 절대로 경거망동하시면 안 됩니다. 할 일이 태산같이 많습니다."

곁에 있던 다른 원로들은 두테스가 아폴론 신임을 단번에 알아보았다. 몸에서 광채가 드러났기 때문이다. 그들은 신의 뜻을 함께 전달했다.

투르누스

이탈리아 지역 라티움의 룻쿨리 민족의 용맹한 지도자야. 아이네 이아스의 가장 큰 경쟁자로 두 사람의 대립이 이야기의 중요한 축을 이루고 있어. 뛰어난 용기와 전투 실력을 가진 인물로, 라티움 왕국의 왕녀 라비니아를 뺏기게 되자 아이네이아스와 적대 관계가 형성되어 그를 막으려 전쟁을 일으켜. 그는 성격이 매우 강렬하고 자존심이 강해서 신의 뜻과 운명에 저항하려는 인간의 의지를 잘 보여줘.

"그렇습니다. 왕자님. 지금은 싸울 때가 아닙니다. 위험한 상황에 처하시면 안 됩니다."

반면 투르누스는 별다른 제지를 받지 않고 죽음의 화신처럼 싸움터를 종횡무진 누볐다. 그는 마음껏 트로이아 수비대 사이를 뚫고 칼과 창을 휘두르며 적을 쓰러뜨렸다. 트로이아 진지에 들이닥치더니 거인인 판타로스와 맞붙게 되었다.

"잘 걸렸다. 네놈을 한 방에 요절내주마!"

판타로스는 기다렸다는 듯이 창을 꼬나들고 투르누스에게 날렸다. 그러나 헤라 여신은 트로이아 편이 아니었다. 정확히 그를 향해 날아가던 창에 손을 뻗어 빗나가게 만들어버린 것이다.

"잘 보거라! 나는 신이 보호해주신다."

판타로스는 기세등등한 투르누스가 휘두른 칼에 맞아 그 자리에서 즉사하고 말았다.

"승리는 나의 것이다!"

투르누스는 기세가 올라 닥치는 대로 적을 쓰러뜨렸다. 그에게 맞서는 자는 아무도 없었다. 아이네이아스 대신 군사들을 지휘하던 므네스테우스와 세르게스투스가 당황했다.

"저자를 막아야겠다. 적들의 우두머리인 투르누스를 먼저 제거해야 한다!"

그들은 트로이아 병사들의 용기를 북돋아주었다. 투르누스가 너무나 강력하기 때문에 수세에 몰리고 있었던 것이다.

"후퇴한들 우리에게 도망칠 곳은 바다밖에 없다! 용기 없는 자들은 죽어도 좋다! 하지만 부끄럽지 않게 죽어야 할 것이 아닌가!"

그 말에 트로이아 병사들은 다시 용기를 냈다.

"투르누스를 공격하라! 저자만 공격하면 된다!"

그들은 창을 들고 투르누스 쪽으로 과녁인 양 달려들어 일제히 공격했다. 투르누스는 흥분해서 좌우로 칼을 휘두르며 끝까지 싸웠지만 이미 지치고 말았다. 끊임없이 밀려오는 트로이아 병사들을 더 이상 상대할 수 없었던 것이다. 그는 뒷걸음질을 치기 시작했다. 마침내 그는 살기 위해 강물에 몸을 던졌다. 여기서 피하는 방법은 그것뿐이었다. 그는 강물 속으로 깊이 잠수하여 자신의 부하가 있는 곳으로 헤엄쳐 빠져나갔다.

13

아이네이아스의 귀환

올림포스산에서는 신들이 모여 갑론을박을 이어나가고 있었다. 제우스가 모든 신들을 소집했기 때문이다. 그는 단단히 화가 나 있었다.

"그대들은 소위 신이라는 자들이 어찌하여 인간들을 저토록 흉측한 지경에 몰아넣고 있는 것인가? 인간들을 이간질하여 라틴 사람들과 트로이아인들이 서로 저렇게 소모전을 벌이고 있지 않은가 말이다."

모여든 신들은 모두 할 말이 없었다. 각자 자신들이 수호해주는 영웅들이나 민족들을 싸고도느라 일이 이 지경까지 왔기 때문이다.

"이제 곧 전쟁을 치르게 생겼다. 먼 훗날에는 미개한 카르타고가 로마에 대항해서 들고 일어날 테니 이제는 싸움을 그만두고 평화로운 상태가 되도록 해주어라."

미래에도 라티누스가 전쟁을 많이 치를 것을 알고 있는 제우스가 명령을 내렸다. 그러자 기다리고 있었다는 듯이 아프로디테가 그의 말을 이어받았다.

"제우스 신이시여. 천 번 만 번 맞는 말씀입니다. 하지만 보십시오. 트로이아인들은 지금 절망적인 상황입니다. 그동안 충분한 고생을 하지 않았습니까? 저들은 신께서 정해주신 대로 라티누스를 차지할 운명이었습니다. 신께서 그러셨는데……."

말을 줄이자 헤라가 매서운 눈으로 아프로디테를 흘겨보았다.

"헤라 여신이야말로 트로이아인들의 씨를 완전히 말리려고 작정을 한 것 같습니다. 부디 자비를 베풀어주세요."

아프로디테는 이제 대놓고 헤라와 격론을 벌이고 있었다. 듣고 있던 헤라는 자신의 권위에 도전하는 아프로디테를 용서할 수 없었다.

"무슨 소리를 하는 거야? 아이네이아스라는 자가 저렇게 방황하는 것은 트로이아가 멸망한 뒤에 헛된 무당인 카산드라가 외친 말을 듣고 저러는 거 아니냐? 이게 어떻게 내 탓이란 말이냐? 얌전히 트로이아에 남아있었더라면 목숨을 부지하며 살 수 있지 않았을까? 무슨 권한과 자격이 있다고 남의 땅을 침범하고 투르누스의 약혼자를 훔치려는 것인가? 전쟁에서 이긴 그리스인들로부터 아이네이아스를 빼돌린 자가 누구지? 어려움이 있을 때마다 아들이랍시고 손을 내밀고 도우면서 보호하더니 이젠 불리해지니까 거짓말을 하고 불만을 터뜨린단 말인가?"

헤라도 작정한 듯이 아프로디테를 비난하기 시작했다. 그러자 여기저기서 신들이 웅성거리기 시작했다.

"헤라 여신의 말이 맞는 측면도 있어."

"하지만 아프로디테도 아들을 지켜야지."

웅성웅성하는 소리를 듣고 있던 제우스는 근엄한 목소리로 명령을 내렸다.

"모두 그만하라! 무슨 뜻인지 알겠지만 나는 더 이상 이 싸움에서 그 어느 쪽도 편들지 않겠다. 인간들은 운명의 여신들이 뜻하는 대로 살 수밖에 없는 것이다."

신들이 격론을 벌이고 있을 때 트로이아군은 라틴군에 둘러싸여 도망을 칠 수도 없는 상태였다. 그들을 포위하고 있던 적군의 수가 훨씬 많았기 때문이다. 게다가 가장 안 좋은 상황은 지금 이 절체절명의 순간에 아이네이아스가 없다는 점이었다. 자신들의 부하들과 동료들이 어떤 위기에 처해 있는지 그가 전혀 알지 못하고 있다는 사실이 답답한 노릇이었다.

"아이네이아스 왕이 돌아오실 때까지 우리는 목숨을 다해서 이 방어진을 지켜야 한다."

남아 있는 트로이아 병사들은 이제 얼마 남지 않았지만 라틴 군사들에 맞서서 있는 힘껏 싸우는 중이었다.

이때 아이네이아스는 배를 타고 부지런히 바다를 건너오고 있었다. 여기저기 수많은 구원병들을 데리고 온 것이다. 에트루리아의 용사 타르콘*이 아이네이아스를 돕기로 했고, 지휘관들과 30척 정도의 배를 함께 보냈다. 이 함대가 바다를 빠르게 헤치며 다가오고 있었다. 선두에 있는 배에는 아이네이아스가 올라타고 있었다. 맨 앞 뱃머리에 아이네이아스와 젊은 팔라스가 함께 바닷바람을 맞고 서서 남아 있는 자신들의 동족들을 구할 생각뿐이었다. 그뿐만이 아니었다. 소문을 듣고 수많은 인근 도시국가에서 구원병들이 몰려왔다. 마시쿠스가 1000여 명의 군사를 데리고 왔고 아실라스도 1000여 명의 병사들을 이끌고 왔다. 이런 식으로 수천 명의 군사들이 합쳐치자 그 규모가 만만치 않게 늘어나서 큰 세력을 형성하고 있었다. 아이네이아스는 며칠째 잠도 자지 않고 해변을 훑어보며 전우들이 어디에서 싸우고 있는지 살펴보았다. 이때 상서로운 조짐이 눈앞에 나타났다. 바다 요정들이 모습을 드러내며 다가오고 있었기 때문이다.

"저게 무엇이냐?"

"바다 요정들이 우리 쪽으로 옵니다."

고개를 숙여 밑을 내려다보니 한 무리의 바다요정들이 손을 내밀어 배의 뱃전을 어루만지고 있었다.

"아이네이아스, 우리를 모르십니까?"

"그대들이 누구인가?"

에트루리아의 영웅인데 만토바나 코르토나, 타르퀴니아를 건설했어. 에트루리아의 이주민을 리디아에서 라티누스로 이끌고 이주한 사람이야. 백마와 함께 태어났다는 설이 바로 그가 고귀한 인물임을 말해주고 있어.

"우리들은 그대가 잃어버렸던 배입니다."

"투르누스가 배에 불지르려고 할 때 우리는 돌고래처럼 바닷속으로 뛰어들어 갔다가 요정으로 변해서 다시 떠오르지 않았습니까?"

"아, 너희들이 다시 돌아왔구나."

배가 요정이 된다는 말은 생전 처음 들었지만 아이네이아스는 자기 편이 늘어나는 것 같아서 매우 기뻤다.

"서두르십시오. 지금 그대들의 종족들은 포위당했습니다."

"뭣이? 우리 아들 이올로스는 어찌되었느냐?"

"이올로스는 무사하지만 그 역시 포위되었습니다. 무척 절박한 상태입니다."

"에반드로스 왕과 에투루리아 왕이 도와주기로 했는데 지금 상황이 어떠한가?"

"그들이 보낸 기병이 싸움터에 도착하긴 했지만 투르누스와 병사들이 가로막고 있어 힘을 합치지 못하고 있습니다. 트로이아 병사들에게 아직 도움이 되지 못하는 상태입니다. 어서 헤파이스토스가 만든 방패로 저들의 공격을 막아주십시오."

이렇게 말한 요정들은 배를 더 힘껏 밀어주었다. 배는 그 덕분에 날아가는 화살처럼 파도 위를 헤치며 빠르게 달렸다. 다른 배들도 그 뒤를 이어 쏜살처럼 날아왔다. 배 위에서 트로이아 사람들이 적과 대치하며 전쟁을 벌이는 모습을 보자 아이네이아스는 자신의 은빛 방패를 높이 들어올렸다. 때마침 내리쏟는 햇살이 반사되어 트로이아 진영에 있는 동료들의 눈에 들어왔다.

"앗, 저기 배들이 몰려온다. 맨 앞에 서서 방패를 든 사람은 분명 아이네이아스 왕이다."

"만세, 이제 우리는 살았다."

트로이아 진영에서는 만세 소리가 터져 나왔다. 환영하는 함성이 하늘을 찌르는 것 같았다. 죽으라는 법은 없었던 것이다. 이제 다시 반격할 여지가 생겼다.

가장 놀란 것은 라틴 군사들이었다. 이제 곧 승리를 앞두고 있었는데 바다에서 수백 척의 배들이 돛에 바람을 담고 달려오고 있었던 것이다. 아이네이아스는 맨 앞에 우뚝 서서 저승사자처럼 눈에서 광선을 쏟아냈다. 그의 투구와 방패는 신이 만든 것임을 증명하듯이 찬란하게 빛나고 있었다.

"아이네이아스가 돌아온다. 이를 어쩌면 좋지?"

라틴 군사들이 웅성대며 사기가 떨어지기 시작했지만 투르누스는 겁먹지 않고 큰소리로 명령하였다.

"우리가 먼저 해안가를 점령해야 한다. 저자들이 상륙하지 못하도록 진을 치고 접근을 막아라!"

나팔이 울려 퍼지며 분주하게 전투 준비가 벌어졌다. 이윽고 모래톱에 올라온 트로이아 연합군들은 배에서 내리자마자 전투를 벌여야만 했다. 가장 맨 앞에서 진격하는 자는 아이네이아스였다.

"기다려라!"

그는 바람개비처럼 칼을 휘둘러 수많은 적들을 쓰러뜨렸다. 그의 기세를 막아낼 자는 아무도 없었다. 테론이 맞섰지만 한 칼에 쓰러졌으며,

리카스와 키세우스, 파루스도 성난 아이네이아스의 무용 앞에서는 당해낼 재간이 없었다. 모두 목숨을 잃었다. 창이 빗발치듯이 아이네이아스를 향해 날아왔다.

"아이네이아스를 쓰러뜨려라! 저자만 쓰러뜨리면 승리는 우리의 것이다!"

화살과 창이 그에게 빗발치듯 날아왔지만 아프로디테 여신이 만들어 준 헤파이스토스의 방패는 그 모든 것을 튕겨내버렸다. 그중에서도 치명적인 창이나 화살은 아프로디테가 직접 막아주었다. 한마디로 천하무적인 아이네이아스였다. 이걸 본 트로이아군은 기세를 얻어 싸움은 본격적으로 다시 시작되었다. 해변 곳곳에서 트로이아군과 라틴군이 치열하게 맞붙었다. 그들은 서로 얼굴을 부딪히며 일대일로 싸웠다. 살육이 온통 바닷가에 난무했다. 에반드로스 왕의 아들인 팔라스는 아르카디아 병사들이 후퇴하는 것을 보더니 달려가서 말했다.

"병사들아, 후퇴하지 마라! 승리는 우리의 것이다!"

팔라스가 외치자 그 얘기를 들은 병사들은 일제히 돌아서서 적을 향해 진격했다. 메젠티우스의 아들인 라우수스는 팔라스의 말 한마디에 전세가 뒤집히는 것을 보자 분이 치솟았다.

'저자를 반드시 제거해야 되겠다.'

직접 상대하려 그가 나선 것이다. 아프로디테 여신은 여전히 아이네이아스를 보호하느라 여념이 없었다. 투르누스 역시 수호신들이 있었다. 샘물과 냇물의 여신이자 투르누스의 누이인 유투르나*가 오빠인 투르누스를 지켜주고 있었다. 팔라스와 라우수스가 맞선다는 소식을 들고 투르누스가 달려왔다.

"팔라스를 놔두어라! 저자는 내 몫이다! 저자는 내가 처리한다!"

투르누스는 팔라스와 싸우려고 전차에서 날듯이 뛰어내렸다.

"잘 걸렸다!"

이를 본 팔라스가 놓치지 않고 창을 날렸다. 아깝게도 창은 투르누스 옆을 스쳐 지나갔다. 이번에는 투르누스 차례였다. 투르누스는 힘껏 허리를 젖혔다가 힘차게 창을 날려 보냈다. 투르누스의 창은 방패를 뚫고 팔라스의 가슴에 그대로 꽂혔다.

"으윽!"

용맹을 떨치던 에반드로스의 아들은 그렇게 숨을 거두고 말았다. 그는 아이네이아스를 도우러 왔다가 죽음을 당했다. 그를 떠나보내며 늙은 아버지는 다시 만나기를 그토록 갈망했지만 이제 불가능한 일이 되고 말았다. 투르누스는 팔라스를 한 발로 짓밟은 채 그의 칼집에 매달려 있던 허리띠를 풀어 전리품을 챙겼다.

"멋진 물건이구나. 이건 이제 나에게 봉사

여기서 잠깐!!

누미키우스 강가에서 숭배받던 요정이야. 이 유투르나는 치유의 능력이 있어. 그래서 그녀의 심에서 상처를 씻으면 빨리 아물고 마시면 병이 낫는다고 해. 나중에 로마가 건국되고 나서는 불멸의 존재가 되었고 라티움의 모든 하천과 샘들을 관장하는 신이 되었어.

해야 한다."

투르누스의 기세는 더욱 올라갔다.

"팔라스가 죽었습니다."

아이네이아스는 그가 죽었다는 소식을 듣자 비통해했다.

"아아, 내 친구 팔라스가······."

"내 투르누스 이자를 죽이고야 말겠다."

성난 사자처럼 아이네이아스는 싸움터를 누비며 투르누스를 찾아다녔다. 그러한 사정을 모르는 병사들은 섣불리 그 앞에 나섰다가 순식간에 추풍낙엽처럼 쓰러져버렸다. 수없이 많은 장수들이 아이네이아스의 칼에 맞아 죽었다. 아이네이아스는 수많은 적병들을 포로로 잡아 팔라스를 화장할 때 제물로 바쳐버리기까지 했다.

이러한 사실을 모르고 있는 어리석은 형제 루카구스와 리게루스는 아이네이아스를 조롱하며 비웃었다.

"트로이아의 거지야. 네가 오늘 제삿날을 맞았구나."

그들이 겁 없이 앞으로 나서자 아이네이아스는 그대로 루카구스의 허벅지를 창으로 찔러버렸다. 그리고 이 사태를 보고 놀라서 도망가던 리게루스까지 쳐 죽였다. 이처럼 아이네이아스는 죽음의 사신같이 전장을 종횡무진 누볐다. 마침내 이올로스와 전우들은 포위되어 있던 포위망을 흩어버리고 빠져나왔다. 전세는 확연히 바뀌고 있었다. 이를 본 제우스 신은 마음이 불안해졌다. 그래서 헤라를 불러 물어보았다.

"당신 말이 맞는 것 같소. 아프로디테가 특별히 아들만을 도와주고 있으니 트로이아인들이 이길 수밖에 없는 상황이오."

"내가 뭐라고 했습니까? 아프로디테는 오로지 자기 아들을 돌보는 일밖에 신경 쓰지 않아요."

"하지만 어차피 투르누스는 죽을 운명이오. 죽을 때 죽더라도 당당하게 싸워야 하지 않겠소?"

"제가 투르누스를 보호해 줘야 싸움의 균형이 맞지 않겠어요?"

"옳소. 하지만 정해진 운명을 바꿀 수는 없으니 보호할 수 있는 데까지만 해보시오."

헤라는 투르누스를 살려주고 싶었지만 운명이라는 말에 체념하고 말았다. 신들도 운명은 어쩔 수 없었기 때문이다. 하지만 당분간이라도 아이네이아스를 괴롭히기 위해 헤라는 아이네이아스의 모습으로 둔갑했다. 그러고는 투르누스 앞에 나타났다.

"앗 네놈이 이곳에 오다니."

투르누스는 오매불망 죽이고 싶던 아이네이아스가 눈앞에 나타나자 물불 안 가리고 쫓아오기 시작했다. 아이네이아스는 뒤도 돌아보지 않고 달렸다. 그를 잡기 위해 투르누스는 이를 악물고 쫓았다. 아이네이아스는 해안가를 달리더니 닻을 내리고 바닷물에 흔들리고 있는 배 위로 뛰어올랐다. 투르누스도 따라 올랐다.

"네 이놈! 이제는 독 안에 든 쥐다."

칼을 휘두르며 투르누스가 배 위에 오르자 헤라는 밧줄을 끊어버렸다. 배 안 여기저기를 다니며 아이네이아스를 찾고 있던 투르누스는 어느 순간 헤라가 하늘로 치솟아 구름 속으로 사라져버리자 자기 혼자 탄 배가 이미 먼 바다까지 밀려왔다는 사실을 깨닫게 되었다.

'이럴 수가. 동료들이 싸우고 있는데 나는 왜 배를 타고 이렇게 먼 바다에 나와 있단 말이냐!'

투르누스는 당황했다. 지휘관을 잃어버린 부하들이 지금 어떻게 싸우고 있을지를 생각하니 너무나 부끄럽고 속상했던 것이다.

"어서 돌아가야겠다."

배의 노를 젖고 돛을 올려봐도 요지부동이었다. 제멋대로 배가 가는 걸 보고 투르누스는 의아했다.

"이게 어찌된 일이냐? 신들이 나를 버리지 않고서야……."

신으로부터 버림받았다는 생각이 들자 투르누스는 절규했다.

"신이시여, 저를 차라리 죽도록 놔두시지 어찌하여 이곳까지 이끌었나이까?"

이때 헤라 여신이 투르누스를 전쟁의 위험에서 구해낸 동안에도 전투는 육지에서 치열하게 벌어지고 있었다. 트로이아군이 죽는 만큼 라틴 병사들도 비슷한 수로 죽어나갔다. 그 와중에 또 다른 싸움 하나가 벌어졌다. 메젠티우스와 아이네이아스가 맞붙게 된 것이다.

"네 이놈, 잘 만났다. 이제 네 긴 방황을 끝내주마."

메젠티우스가 창을 날렸을 때 아이네이아스의 방패를 맞고 튕겨 나갔다. 그의 방패는 신의 물건이었기 때문이다.

"이제 내 차례다."

아이네이아스가 날린 창은 메젠티우스의 사타구니에 가서 정확하게 꽂혔다. 창에 맞아 쓰러진 것을 보자 아이네이아스는 칼을 들고 달려갔다. 확실하게 목숨을 끊으려는 것이었다. 이때 메젠티우스의 어린 아들

라우수스가 나섰다. 아들로서 아버지가 이대로 죽는 것을 도저히 볼 수 없었던 것이다.

"에잇!"

아이네이아스가 쓰러진 메젠티우스의 목을 치려 칼을 들어 올렸을 때였다. 라우수스가 그 앞을 막아섰다.

"나를 죽이고 우리 아버지를 살려주시오!"

어린아이를 보자 아이네이아스는 고개를 저으며 말했다.

"어린아이는 비켜라. 어른들의 싸움이다."

그때 라우수스는 목숨을 애걸해야 했다. 그 자리에서 물러났더라면 목숨은 구할 수 있었다. 하지만 젊은 혈기가 그의 목숨을 재촉했다.

"아버지의 원수! 용서하지 않겠다!"

라우수스는 오히려 칼을 휘두르며 덤벼들었다. 전쟁터에서는 무기를 들고 공격해 오는 자는 적이었다. 그를 죽이지 않으면 자신이 죽는 법이었다.

"어쩔 수가 없구나!"

아이네이아스는 가슴이 아팠지만 결국 라우수스를 한 칼에 죽이고 말았다. 아이네이아스도 아버지를 사랑할 뿐만 아니라 자식도 사랑하는 인간인지라 라우수스가 비록 적의 아들이었지만 몹시 슬퍼했다.

"어린아이가 어찌하여 칼 앞에 모습을 드러낸단 말이냐."

아이네이아스는 죽은 아이를 두 팔로 들어 올렸다. 한참 예쁜 얼굴을 내려다보더니 그는 라틴 병사를 불렀다.

"이리 가까이 와라."

병사는 두려워했다.

"걱정 마라. 너를 죽이지 않겠다."

"무슨 일로 나를 오라는 거요?"

"이 아이의 시신을 가져가라. 그걸 너에게 시키려는 거다."

이를 곁에서 지켜보고 있던 메젠티우스는 슬픔과 분노가 치밀었다. 자기를 살리려던 사랑하는 아들이 죽었기 때문이다.

"네 이놈!"

부상당한 채로 그는 말에 올라 아이네이아스를 향해 달려왔다. 아이네이아스 주변을 몇 바퀴를 돌더니 필살의 힘을 다해 창을 던졌다. 아들을 잃은 원한이 서려 있는 창이었다. 그 창은 신의 물건인 방패에 가서 꽂혔다. 아이네이아스도 놀랐다. 아이를 사랑하는 아버지의 원한 서린 마음이 이렇게 날카로워 신이 만든 방패에 꽂힐 정도였던 것이다.

"이럴 수가!"

하지만 이번엔 아이네이아스의 차례였다. 있는 힘을 다해 창을 날리자 메젠티우스가 타고 있던 말의 정수리에 가서 꽂혔다. 말이 놀라 뛰어오르자 다리를 다쳐 버티기 힘들었던 메젠티우스는 힘없이 땅바닥에 떨어졌고 아이네이아스가 쫓아가 용감한 적의 목숨을 끊었다.

14

여전사 카밀라

    라틴군은 후퇴하기 시작했다. 자연스럽게 트로이아군을 포위하고 있던 포위망도 느슨해졌다. 전쟁은 다시 휴전 상태가 되었다. 아이네이아스는 잠시 여유를 되찾은 뒤 신들에게 제물을 바쳤다. 시기적절하게 트로이아군을 도우러 와서 자신들의 세력을 잃지 않은 것에 대한 감사의 의미였다. 아이네이아스는 모든 제사를 끝낸 뒤 에반드로스 왕을 찾아갔다. 팔라스의 주검을 인도하기 위해서였다.

    아이네이아스는 군사 1000여 명을 뽑아 팔라스의 관을 장중하게 이끌게 하였다. 그리고 그의 뒤에는 각종 전리품과 무기 그리고 장례식에서 제물이 될 포로들을 뒤따르게 만들었다.

이때 라틴 사람들은 아이네이아스의 분노가 하늘을 찌른다는 것을 알고 그의 마음을 달래기 위해 사절단을 보냈다. 평화의 상징인 올리브 나무 가지를 든 사절단은 예를 갖추어 아이네이아스를 찾아왔다.

"아이네이아스 대왕이시여, 부탁이 있소이다."

"그대들은 무슨 부탁을 하러 온 것인가?"

"싸우다가 죽은 병사들의 장례를 치를 수 있게 해주십시오. 그들의 부모와 형제들은 시신을 수습하여 장례를 치르고 싶어 합니다."

아이네이아스는 죽은 자들에 대한 마지막 예우까지 걷어찰 수 있을 만큼 잔인한 사람이 아니었다.

"그대들의 부탁을 기꺼이 들어주겠소. 그대들의 자녀들이 살아 있다면 얼마나 좋겠소. 하지만 나는 애초부터 그들을 죽이고자 했던 것은 결코 아니오. 그저 우리는 운명에 따라 이 땅에 왔을 뿐이오. 처음에 우리는 그대들과 평화롭게 지내기 위해 먼저 손을 내밀었지만 안타깝게도 그대들의 왕이 거부했고 호전적인 투르누스를 이용하여 우리에게 공격을 가한 것이 아니겠소."

"……."

라틴 사람들은 할 말이 없었다. 그의 말이 틀리지 않았기 때문이다.

"이제 이 긴 싸움을 끝내도록 합시다. 방법은 하나요. 투르누스가 자신의 목숨을 걸어야 할 것이고 나 역시 목숨을 걸겠소. 그와 일대일로 싸우겠소."

그 말을 들은 라틴 사람들은 웅성거렸다. 일대일로 승부를 낸다는 것은 너무나도 위험했기 때문이다.

"한번에 승부가 끝난다고? 허무하게?"

"그럴 수는 없지."

"아니야. 다른 사람의 희생을 강요할 필요는 없지 않은가."

사람들이 우왕좌왕하면서 서로 다른 의견들을 내세우고 있을 때 라틴의 왕자인 드란케스가 말했다.

"투르누스의 일은 투르누스가 스스로 해결하도록 놔두는 게 좋겠습니다. 투르누스가 자신의 아내를 왕족으로 맞이하겠다는데 우리가 왜 나서서 희생해야 하는 것입니까?"

드란케스는 평소에 투르누스를 탐탁지 않게 여기고 있었다. 그는 말을 꺼낸 김에 자신의 주장을 더욱 강하게 펼쳤다.

"이참에 우리는 아이네이아스와 손을 잡고 트로이아인들이 도시를 세울 수 있도록 도와주는 것이 좋겠습니다. 그들과 평화로운 삶을 이어 나가는게 좋지 않겠습니까?"

신하들 사이에 논의가 진행될 동안 장례를 허락받은 라틴 사람들은 죽은 병사들을 끌어다가 화장했다. 벌판 여기저기에서 불꽃이 피어오르고 연기가 가득 찼다. 타오르는 장작더미 위에 트로이아인들은 칼과 투구, 방패나 창 같은 것을 제물로 던져주었다. 그리고 그들은 거대한 불덩이 옆을 돌며 죽은 자들의 영혼을 위로했다.

불꽃이 사그라들자 들판 여기저기에서 피어오르는 장작더미의 불씨가 은하수처럼 반짝였다. 이때까지도 성안에서는 라틴인들이 갑론을박을 벌이고 있었다. 계속 싸울 것인가 말 것인가를 결정해야 했기 때문이다. 디오메데스 왕은 라티누스 왕이 요청한 지원군을 거절하기로 마음 먹고 사람을 보냈다.

"구원병을 보내달라는 그대의 요청을 왕께서 거절하셨습니다."

이 소식을 들은 라티누스 왕은 마음이 불안해지기 시작했다.

"우리가 이렇게 곤경에 빠진 것은 우리 잘못이 아니오. 신들의 뜻이 분명하단 말이오. 저 아이네이아스라는 자도 자신이 원해서 이곳에 온 것이 아니지 않소. 그저 운명에 의해서 이 해안가에 도달한 것일 뿐이오. 그랬던 그를 따뜻하게 맞아주지 않고 공격한 것은 우리의 실수가 분명하오. 우리가 결자해지의 심정으로 먼저 싸움을 멈추고 트로이아인들에게 땅을 나눠주어서 그들이 그곳에 도시를 짓도록 하는 것이 좋겠소."

듣고 있던 드란케스가 바로 쌍수를 들어 환영했다.

"현명하시고 지당하신 분부이십니다."

성내의 분위기가 평화로 돌아서자 그는 투르누스를 바라보며 꾸짖었다.

"그대 때문에 우리가 이 생고생을 하고 있소. 건장한 병사들이 수없이 목숨을 잃었단 말이오. 싸움의 목적이 대체 무엇이요? 알고 보면 당신이 아내를 얻기 위해서 많은 사람들이 희생한 게 아니겠소?"

자신에게 비난이 쏟아지자 투르누스는 어쩔 줄을 몰라 했다. 하지만 그 역시도 할 말은 있었다.

"내가 그런 것이 아니오. 신들이 끼어들어 나를 싸우지 못하게 했소."

"비겁하게 도망치고 나서 무슨 헛소리를 하는 것이오?"

"신들을 들먹이다니. 정말 실망이오."

투르누스는 이런 모욕을 당하기 전에 싸우다 죽었더라면 좋았을 뻔했다고 생각했다. 하지만 헤라가 자신을 유인해서 머나먼 바다로 내몰았던 것을 이야기해도 사람들은 도무지 그의 말을 들어주지 않았다. 당시에 자신이 얼마나 분노하고 낙담했는지를 설명해봐야 아무 소용이 없었다. 그가 다시 돌아오게 된 것은 파도가 그를 다시 해안으로 밀었기 때문이었다. 그가 돌아왔을 때 싸움은 이미 다 끝나 있었고 트로이아인들은 바닷가에 자신들의 교두보를 벌써 확보한 상태가 되었다.

"난 정말 어쩔 수가 없었소."

자신의 억울함을 변명하기 이전에 투르누스는 드란케스가 일방적으로 자신을 비난하자 가슴속에서 뜨거운 것이 치밀어 올라오는 것을 느꼈다.

"드란케스여, 그대는 얼마나 비겁한 자인가! 입으로 떠들기만 했을 뿐 행동할 줄 모르는 자가 아닌가? 내 그대를 용서할 수 없다!"

투르누스는 그동안 쌓여 있던 무력감과 분노가 응축되어 칼을 뽑아들고 드란케스를 죽이겠다고 덤벼들었다.* 그러면서 그는 외쳤다.

여기서 잠깐!!

전쟁 중에 가장 나쁜 것이 바로 이런 상황이야. 이런 걸 우리는 적전분열이라고 해. 적 앞에서 단결하지 못하고 갈라지는 걸 말하지. 또 다른 말로는 자중지란도 있어. 내 안에서 난리가 난다는 의미야. 전쟁이란 건 목숨을 걸고 싸우는 일이야. 살기 위해 모든 능력과 지혜를 가동할 수밖에 없어. 그러다보니 자신의 생각이 옳고 남의 생각이 그르다는 판단이 들면 대립할 수밖에 없어. 그렇기 때문에 지혜로운 지도자가 있어야 하는 거야.

"이놈들아! 너희들은 자존심도 없고 체면도 없단 말이냐? 아군 몇 명 죽었다고 트로이아인들에게 우리 땅이 더럽혀지고 그들에게 우리의 명예가 짓밟히는 것을 두고 보겠다는 것이냐? 우리에겐 아직도 우리를 돕겠다는 자들이 많이 있다. 카밀라와 볼스키아 기병대도 우리를 돕겠다고 와 있지 않은가? 하지만 아이네이아스가 나와 일대일로 싸우자고 감히 도전했다니 기꺼이 받아주겠다. 그자와 싸워서 이기면 될 것이 아닌가?"

새로운 제안이었다.

"투르누스를 내보냅시다."

"아니오. 그렇다고 어찌 같이 싸우던 전우를 내보낸단 말이오?"

라틴 사람들은 서로 자신의 주장을 펼치느라 중구난방으로 떠들어 댔다. 어떤 사람은 투르누스의 편이 되었고, 또 어떤 사람은 라티누스 왕의 편에 서서 말했다. 한참 입씨름을 벌이며 분위기가 험악해지고 있을 때 전령이 달려왔다.

"급한 소식입니다."

"무슨 일이냐?"

"아이네이아스가 쳐들어오고 있습니다. 진지를 거둔 뒤 일전을 불사하며 성으로 달려오고 있습니다."

그 소식을 듣고 투르누스는 기회는 이때라고 앞으로 나섰다.

"그걸 봐라. 아이네이아스는 일대일로 싸우자고 했지만 이렇게 토론하고 있는 동안 우리의 뒤통수를 치려는 것이다. 어서 무기를 들어라! 저자들을 무찔러야 한다! 병사들을 배치하고 다시 싸울 준비를 해라!"

갑자기 성 내에서 전투태세가 형성되자 카밀라가 기병대를 데리고 성 밖으로 나왔다. 그는 투르누스에게 큰 소리로 외쳤다.

"투르누스! 내가 병사들을 데리고 밖으로 나가 싸울 테니 그대는 성과 성문을 지키시오!"

그러나 투르누스의 생각은 달랐다.

"그게 아니오. 나는 이곳에 매복하고 있겠소."

"어찌하여 그렇게 하는 것입니까?"

"우리 첩자들의 말에 의하면 아이네이아스가 산등성이로 해서 성문으로 접근하고 있다고 합니다. 그의 기병대는 들판으로 쳐들어올 테니 나는 계곡 아래에서 아이네이아스를 기다렸다가 공격할 생각이오. 그러니 위대한 공주님이시여, 앞으로 나아가 에트루리아의 기병대와 싸워주시오."

"그럼 그렇게 합시다. 일단 공격하고 상황에 맞춰 작전을 변경해보지요."

들판에는 수많은 병사들과 말들이 먼지를 가득 피워 올리고 있었다. 양쪽 진영은 사정거리까지 몰려들었다. 흥분한 말들이 길길이 날뛰었고, 병사들의 날카롭게 벼른 창들이 햇빛을 받아 빛났다.

"공격하라!"

공격 명령이 떨어지자 함성과 함께 창을 수평으로 꼬나든 라틴 기병이 먼저 치고 나갔다. 뒤따라온 트로이아의 병사들과 라틴군 보병이 한데 뒤엉키면서 난장판이 벌어졌다. 라틴군은 강온양면의 작전을 썼다. 치고 나가다가 등을 돌려 후퇴하는 척하다가 다시 공격하는 방식이었다. 이는 마치 파도가 자갈과 모래 사이를 드나들며 유린하는 것과 비슷했다.

이처럼 서로 치고받는 싸움 속에서 빛을 발하는 자가 있었다. 그는 바로 볼스키아의 여걸인 카밀라였다. 그녀는 전쟁을 주도하고 있었다. 그녀의 화살통에는 아르테미스의 황금 활과 화살이 가지런히 꽂혀 있었다. 그녀는 양팔을 드러내고 칼과 창을 맘껏 휘두를 수 있게 만반의 태세를 갖추었다. 카밀라는 놀라운 용맹을 보여주었다. 아이네이아스 측의 병사들을 차례로 무찔러 쓰러뜨렸던 것이다. 기회를 봐서 쏘아대는 아르테미스의 화살은 신의 도움을 받아서인지 하나도 빗나가지 않고 트로이아 영웅들의 목을 정확하게 꿰뚫었다. 거인인 부테스조차도 카밀라의 창에 맞아 쓰러지고 말았다.

"내 저 계집을!"

오르실로코스가 카밀라를 쫓아왔지만 오히려 도망치는 척하며 돌아서던 카밀라가 도끼로 그의 머리를 두 동강이 내버리고 말았다. 이때 에트루리아 병사들을 이끌던 타르콘이 이 장면을 보았다. 부하들은 마구 도망치고 있는데 카밀라가 용맹하게 맞서 싸우는 것이 아닌가. 그는 병사들 사이로 뛰어들며 외쳤다.

"부끄러운 자들아! 저걸 봐라! 고작 여자에게 쩔쩔매다니. 무기는 이럴 때 쓰라고 있는 것이다! 다시 뒤돌아서 달려 나가라!"

그는 병사들을 전투장으로 내몰았다. 아룬스는 카밀라를 노리고 뒤따르고 있었지만 카밀라의 용맹에 가까이 다가가지는 못하고 기회가 닿으면 그녀를 제거하기 위해 곁을 맴돌고 있는 중이었다. 마침내 카밀라가 앞을 향해 화살을 겨누려는 순간이었다. 아룬스는 자신의 창에 힘을 실으며 기도를 올렸다. 아폴론 신에게 올리는 기도였다.

'신이시여! 저 볼스키아 여자를 제가 쓰러뜨릴 수 있도록 해 주십시오. 제가 유명해지거나 명성을 얻기 위해서가 아닙니다. 저 여인이 죽어야만 나의 고향인 에트루리아로 돌아갈 수 있기 때문입니다.'

신의 기원을 담은 창은 유성처럼 날아가 곧바로 카밀라의 가슴을 꿰뚫고 말았다. 용맹스럽던 카밀라는 창에 맞아 말에서 떨어졌다.

"카밀라!"

동료들이 달려와 그녀를 둘러싸자 카밀라는 웃으며 말했다.

"아, 나는 이제 죽는구나. 투르누스에게 가서 전해라. 내 대신 지휘를 맡고 트로이아 병사들이 성벽으로 다가오지 못하도록 하라고 전해라."

죽는 순간까지도 카밀라는 싸움에 대한 걱정뿐이었다.

"우와!"

카밀라가 죽는 순간, 병사들은 모두 분노의 함성을 질렀다. 그걸 본 아룬스는 재빨리 도망쳤다. 그 분노가 자신에게 미칠까 두려웠기 때문이다. 아폴론의 신이 카밀라를 죽이는 것까지는 기도를 들어주었지만 그가 고향으로 돌아가고 싶어 하는 기도는 들어주지 않았다. 아르테미스의 심부름꾼인 오피스가 바로 이 장면을 보았기 때문이다. 심부름꾼 오피스는 아르테미스가 카밀라를 총애한다는 사실을 잘 알고 있었다. 그는 산꼭대기에서 내려왔다.

'우리 여신님이 좋아하는 카밀라를 죽이다니 용서할 수 없다.'

산꼭대기에서 내려온 오피스는 의기양양하며 아룬스를 향해서 황금 화살을 겨누며 말했다.

"네 이놈! 네가 지은 죗값은 바로 이것이다!"

오피스가 쏜 화살에 맞은 아룬스도 비명을 지르며 말에서 떨어져 죽고 말았다. 라틴의 병사들은 이 장면을 보고 모두 우왕좌왕 어쩔 줄 몰라 했다.

"어서 피하라!"

"고향으로 돌아가자!"

카밀라의 병사들은 오합지졸이 되어 흩어졌다. 모두 자신의 목숨을 보전하기 위해 안전한 곳으로 숨기 바빴다. 온통 승리를 향해 달리는 말발굽 소리만 울려 퍼질 뿐이었다. 패전의 기미가 보이자 성 밖에 나가 있던 여인네와 백성들이 성안으로 다시 몰려 들어왔다. 라틴 여인들은 불길한 기운이 다가오자 통곡하며 외쳤다.

"아이고, 우리는 이제 죽는 건가? 어쩌면 좋습니까? 신이시여."

후퇴했던 병사들은 성문을 통해 안으로 들어갔다. 성안에 있는 병사들은 전열을 다시 가다듬고 추격해 오는 트로이아 군과 맞서 싸울 준비를 했다.

이때 패전의 소식은 산기슭 아래에서 매복해서 기다리고 있던 투르누스에게도 전해졌다.

"여장군 카밀라가 죽었고 라틴 병사들은 모두 패배하여 성으로 후퇴하고 있습니다."

"이럴 수가. 빨리 병사들을 지휘해야 한다."

투르누스는 매복을 그만두고 성으로 향했다. 그런데 원하지 않던 시간과 장소에서 적을 만나게 되었다. 아이네이아스가 산등성이에서 내려와 들판에 모습을 드러냈기 때문이다. 후퇴하던 투르누스는 아이네이아스를 발견하게 되었다. 하지만 이미 해가 지고 있었고, 두 사람이 맞상대하기에는 시간이 좋지 않았다. 둘은 각자 성 앞에서 천막을 치고 날이 밝기를 기다리기로 했다.

"내일 승부를 겨루자. 아이네이아스!"

"좋다. 기다리겠다!"

그날 밤 그들은 휴전 상태를 유지한 채 들판에서 날이 밝기를 기다리고 있었다.

15

전쟁의 끝

전쟁의 마지막 날이 밝아오길 기다리며 투르누스는 밤새 고민했다. 아무리 봐도 자신이 이끄는 라틴 병사들이 트로이아군에게 패배할 것 같았기 때문이다. 혼자 있으니 마음이 점점 약해짐을 느낀 그는 이 싸움을 어떻게 마무리해야 할지 고민이 되었다. 그러나 새벽에 자신을 찾아온 라티누스 왕을 보는 순간 투르누스는 이대로 물러날 수 없다고 생각했다. 자존심이 허락하지 않은 것이다. 모두의 앞에서 과감하게 큰소리치며 병사를 일으켰던 자신이 아닌가.

"왕이시여! 오늘 드디어 이 싸움을 끝내겠습니다. 아이네이아스와 일대일로 겨뤄서 그가 죽든지 아니면 제가 죽게 될 것입니다. 그가 이겨서 라비니아를 아내로 삼아도 어쩔 수 없습니다. 반대로 제가 그를 물리치고 영웅이 될 수도 있겠지요."

라티누스 왕은 투르누스가 진정한 용사임을 알게 되자 이대로 그를 죽음으로 내몰고 싶지 않았다.

"투르누스, 다시 한번 말하겠다. 트로이아군과 싸우게 된 것은 나의 실수였다. 그대가 너무 아까워서 내 마음이 잠시 흔들렸을 뿐이다. 하지만 라비니아는 수많은 여자 중 한 명일 뿐이고 아이네이아스에게 이미 약속된 여자다. 그것이 그 아이의 운명이니 그대는 이러한 현실을 받아들이고 트로이아인들과 화해하는 것이 어떻겠는가? 그대만 좋다고 하면 나 역시 허락할 용의가 있다."

그러나 투르누스는 그럴 생각이 전혀 없었다. 이미 아이네이아스와 일대일로 싸우기로 마음을 정했기 때문이다. 그리고 이제 와서 화해한다면 그간 치른 전쟁이 너무 허무하기도 했다.

"걱정하지 마십시오. 저는 반드시 이 싸움을 하겠습니다. 이것으로 저의 운명을 결정하겠습니다. 만일 죽게 된다면 자랑스러운 죽음만이 있을 뿐입니다. 운명이 허락할 것입니다. 싸우게 해주십시오."

아무리 그를 말려도 안 된다는 것을 깨닫고 왕은 고개를 떨궜다. 투르누스는 만반의 준비를 갖추었다. 그는 최고의 갑옷을 갖추어 입고 가슴가리개를 착용했다. 칼과 창을 들고 일어선 그의 모습은 결전을 앞둔 거친 수소 같았고 울부짖는 맹수와도 닮아 있었다.

"말이 준비되었습니다."

전차에 묶인 말들이 힘차게 땅바닥을 긁는 것을 보며 투르누스는 마차에 올랐다. 병사들은 정성껏 말들을 빗질해주었고, 가슴과 목을 쓰다듬어주었다. 이제 바야흐로 마지막 전투를 위한 채비가 끝난 것이다.

이때 아이네이아스도 역시 싸울 준비를 하고 있었다. 두 사람이 역사적인 결판을 벌일 곳은 성 앞 들판이었다. 새벽부터 모여 이 싸움을 지켜보려는 양쪽 진영 병사들은 모두 자리를 잡고 앉아 있었다. 그들의 창은 모두 하늘을 향하고 있었으며 방패도 땅에 내려놓은 상태였다. 오늘 싸움은 두 장수 간의 싸움인 것을 알고 있었기 때문이다. 이제 전쟁은 어떻게든 끝이 날 거라는 생각이었다. 모두 마음은 평안했다. 누가 이기든 이들은 함께 섞여서 이곳에 살 수밖에 없기 때문이다.

오히려 걱정하고 있는 것은 올림포스의 신들이었다. 그중에서도 헤라는 가장 걱정스러운 얼굴로 이 싸움을 지켜보고 있었다. 불안함에 떨던 헤라는 은밀하게 요정 유투르나를 불렀다.

"이제 나는 더 이상 할 일이 없다."

"어찌하면 좋겠습니까? 여신님."

"네가 할 일은 가서 오라비를 죽음에서 구해내는 것뿐이다."

이때 두 영웅은 서로를 향해 달려가고 있었다. 여러 마리의 백마가 이끄는 투르누스의 전차는 새벽에 떠오르는 태양 빛을 받으며 불같이 뜨거운 모습을 하고 있었다. 아이네이아스의 갑옷도 햇빛을 받아 찬란하게 빛났다. 그 빛은 마치 훗날 이곳에 세워질 로마제국의 위대한 영광을 미리 말해주는 것만 같았다. 싸움에 앞서 두 나라의 지도자들은 각각 신에게 제물을 올렸다.

"신이시여, 제가 이긴다면 라틴 사람들을 절대 멸시하지 않겠습니다.

그들과 트로이아인들을 동등하게 대하여 오래도록 번영하면서 살 수 있도록 하겠습니다. 도와주시옵소서. 그리고 저희들이 이곳에 세울 도시의 이름은 공주의 이름을 기리는 뜻에서 라비니움이라고 부를 것입니다."

이때 라티누스의 왕도 맹세했다.

"우리 라티누스인들은 트로이아 사람들과의 약속을 지키고 평화를 위해 힘쓸 것입니다. 빨리 이 지긋지긋한 전쟁을 끝내도록 해주십시오."

이렇게 두 지도자들이 제물을 올리고 제사를 지내는 동안에 라틴인들의 마음은 흔들리고 있었다. 두 영웅을 바라보니 아무리 봐도 투르누스가 아이네이아스의 상대가 될 것 같지 않았기 때문이다.

"만일 투르누스가 진다면 어떻게 하지?"

"아이네이아스가 잔인하게 보복할지도 몰라."

"생각만 해도 두려운걸."

그들은 투르누스가 패배할까 봐 무서웠다. 아이네이아스가 이길 낌새를 느낀 유투루나는 벌써 병사들 사이에 스며들어 있었다.

'때는 지금이다. 소문을 퍼뜨려야 되겠어.'

그는 먼저 라틴 장수로 둔갑하여 병사들 사이를 다니며 소문을 퍼뜨렸다.

"여보게들! 적들을 보게. 한 줌밖에 안 되지 않나. 우리가 훨씬 유리해. 그런데 우리가 지금 투르누스를 내보내서 싸운 결과로 모든 것을 결정한다는 것은 비겁한 일이 아닌가?"

"맞습니다. 이건 뭔가 잘못됐습니다."

"투르누스는 잃을 게 없어. 싸워서 이기면 영웅이 되는 거고, 지거나 죽더라도 이름이 널리 알려질 것이야. 하지만 우리들은 땅을 잃고 침략자들의 노예가 될 걸세. 그런데 지금 투르누스에게 우리의 운명을 맡긴단 말인가?"

술렁거리며 라틴 군사들의 마음에 동요가 일고 있을 때였다. 해안가에서 황금 독수리가 먹이를 찾고 있었던 것이다. 신의 계시가 나타나고 있었다. 황금 독수리는 하얀 백조 한 마리를 그대로 낚아채서 날아올랐다. 그러자 갑자기 바닷가에서 잠을 청하고 있던 수백 마리의 새 떼들이 모두 하늘을 덮을 듯이 일제히 날아올라 독수리를 공격했다. 아무리 새들의 왕인 독수리라지만 잡고 있던 백조를 떨어뜨리고 도망쳐버리고 말았다.

"신의 계시다."

라틴 병사들은 기뻐하며 외쳤다.

"우리가 이긴다는 증거다. 어서 싸우자. 저자들을 몰아내자."

그들은 칼을 뽑고 창을 던질 태세를 갖추었다. 갑자기 여기저기서 국지전이 벌어졌다. 이때 메사포스는 약속을 어기고서 병사들을 이끌고 그대로 돌진해버렸다.

"트로이아의 적들을 무찔러버리자!"

"그렇다!"

트로이아 병사들도 함성을 지르며 밀고 들어갔다. 갑자기 싸움이 벌어지자 아이네이아스가 외쳤다.

"그만해라! 우리 둘만 싸우면 된다! 멈춰라!"

하지만 소용이 없었다. 이미 섶에 장작불을 던진 꼴이 되었다. 전운이 감돌며 불길이 치솟았다. 트로이아군과 라틴군은 또다시 치열하게 싸우기 시작했다.

"어서 멈추어라! 멈추란 말이다!"

아이네이아스가 온 힘을 다해서 싸움을 멈추려 했지만 아무런 소용이 없었다.

"약속을 지켜라! 내 싸움은 내가 마무리할 것이다. 너희들은 싸울 필요가 없다!"

이렇게 여기저기 다니며 군사들의 싸움을 말리고 있을 때였다. 라틴군은 무방비 상태인 아이네이아스에게 화살을 마구 쏘아댔다. 그중 하나가 날아와 아이네이아스의 허벅지에 꽂히고 말았다.

"으윽!"

아이네이아스는 무릎을 꿇었다. 이를 본 그의 동료들이 화살에 맞은 아이네이아스를 잡아끌어 안전지대로 피신시켰다. 투르누스는 본능적으로 이것이 기회임을 알아차렸다.

'아이네이아스를 제거할 기회가 왔구나.'

그는 일대일로 대결하려다가 전투를 이끄는 장수가 되어버렸다.

"적을 무찔러라!"

상황에 따라 전쟁에서는 얼마든지 전략을 바꿀 수 있는 법이다. 투르누스는 말을 채찍질하여 싸움 한가운데로 달려 들어갔다. 그의 백마는 죽음의 화신처럼 적들을 헤집으며 사정없이 짓밟았다. 땅바닥에 쓰러진 트로이아 병사들은 투르누스의 말발굽에 무참히 깔려 죽었다. 빨간 깃털이 꽂혀 있는 그의 투구는 트로이아 병사들을 차례로 무너뜨렸다. 대혼란이 벌어진 것이다. 이때 아이네이아스는 트로이아 병사들이 막사로 옮겨 휴식을 취하고 있었다. 그런데 화살은 뽑아냈지만 상처에서는 피가 계속 흘러나왔다.

"아, 운이 없구나. 신이 나를 도와주시지 않는구나."

그때 이올로스가 불안한 마음으로 아이네이아스를 바라보며 외쳤다.

"아버지, 어찌하여 이렇게 되셨습니까? 용기를 내십시오."

의술이 뛰어난 이아픽스★가 도구를 이용해 화살촉을 뽑아내려 했지만 헛수고였다. 전투가 벌어지고 사방에서 창과 칼이 부딪히는 소리와 비명소리가 울려 퍼졌다. 아프로디테가 이 장면을 보고 가만히 있을 리 없었다.

'내 사랑하는 아들을 이대로 놔두면 죽게 될 거야.'

아프로디테는 이다산에서 박하 잎을 따왔다. 그녀는 이아픽스가 상처를 씻어낼 때 쓰는 강물에 이 약초를 몰래 섞어놓았다.

"장군! 잠시만 기다리십시오. 약초로 상처를 소독해보겠습니다."

약초 물을 상처에 바르자 언제 그랬냐는 듯이 피가 멎으며 상처가 빠르게 아물기 시작했다.

"이때입니다. 빨리 화살을 뽑아내겠습니다."

이아픽스는 화살촉을 힘껏 뽑아냈다. 화살촉에 있는 미늘이 찢고 나온 상처도 이내 아물기 시작했다. 놀라운 일이었다. 신의 조화가 아니고서는 이렇게 빨리 회복될 수가 없었기 때문이다. 이걸 본 아이네이아스는 어머니 여신 아프로디테가 도와준 것임을 깨달았다.

"내 창을 가져와라. 당장 나가서 다시 싸워야 한다."

아이네이아스는 벌떡 일어났다. 아이네이아스가 이미 죽었다는 소문이 전장 곳곳에 퍼져 있었다. 화살을 맞고 쓰러지는 것을 수천 명이 지켜보았기 때문이다. 그러나 다시 아이네이아스가 우측 막사에서 나와 창과 칼을 든 것을 보자 라틴 병사들은 모두 뒤로 물러났다. 눈앞에 있는 아이네이아스가 귀신 같았기 때문이다.

"투르누스 어디 있느냐! 어서 약속을 지켜라!"

아이네이아스는 투르누스만을 찾아다녔다. 이때 투르누스의 여동생인 요정 유투루나는 필살기를 발휘할 마지막 방법이 있었다. 투르누스와 아이네이아스가 서로 만나지 않도록 하는 것이었다.

요정은 투르누스의 심복이자 전차병인 메티스쿠스로 둔갑했다. 말의 고삐를 잡자 그는 사정없이 채찍질했다. 전차는 요정이 조종하자 미친 듯이 좌우를 헤집고 다녔다. 동분서주하는 그 전차의 위력은 참으로 대단했다. 아

여기서 잠깐!!

라티누스 남부의 이아피기족의 조상이야. 리카온의 아들이라고도 하고, 다이달로스의 아들이라고도 해. 미노스가 죽자 부족민을 이끌고 라티누스 남부로 이주했다는 설이 있어.

이네이아스는 빨간 깃털이 달린 투구를 쓴 투르누스를 찾으러 이리저리 쫓았지만 끝없이 나타나는 라틴 병사들을 상대하다 보니 허탕을 칠 수밖에 없었다. 두 사람 사이의 거리는 좀처럼 좁혀지지 않았으며 양쪽 병사들의 손실만이 있을 뿐이었다. 지루하게 전투가 계속되고 미친 듯이 적들을 베어 넘기던 아이네이아스의 눈앞에 문득 라틴의 성벽이 보였다. 고향에 버려두고 왔던 트로이아의 성벽을 마주하는 느낌이었다.

"이왕 이렇게 된 거 어쩔 수 없다. 그대들은 이 성벽을 공격하라! 성을 차지하면 될 것이다. 이 부끄러운 전쟁은 모두 저 성벽 안에서 벌어진 것이다. 더 이상 일대일 대결은 필요 없다. 이 성을 불바다로 만들어버리면 된다. 저들이 깨버린 약속을 지키게 하는 방법을 나는 아주 잘 알고 있다."

트로이아 병사들은 일제히 성문을 향해 쳐들어가기 시작했다. 성벽에 사다리를 걸치고 공성전을 시작한 것이다. 돌을 집어 던지고 성문을 깨며 안으로 침투해 들어갔다. 무방비로 있던 성안은 순식간에 공포의 도가니로 변했다. 화가 머리끝까지 치밀어 오른 트로이아군은 닥치는 대로 성안의 사람들을 죽였다.

이 사실을 알 리 없는 투르누스는 들판에서 트로이아 병사들을 쫓아 마구 베어 넘기고 있었다.

"멈춰라 멈춰!"

아무리 그가 명령을 내려도 전차는 미친 듯이 좌우를 달렸다. 말들은 지치지도 않았다. 투르누스는 무척 화가 났다. 이때 그의 귀에 통곡소리가 들려왔다.

"아이고! 아이고!"

고개를 돌려보니 성안에서 불길이 치솟고 있었고 여인들이 울부짖는 소리가 들리는 것이었다. 투르누스는 등골이 오싹했다.

"이게 어찌 된 일이냐? 성이 공격을 당했구나. 어서 말을 돌려라!"

하지만 말을 몰고 있는 전차병은 유투루나였다.

"안 됩니다, 장군. 장군은 여기서 싸우셔야 합니다. 도망치는 놈들을 제거만 해도 싸움에서 이길 수 있습니다. 성벽은 라틴 병사들이 튼튼하게 지키고 있을 것입니다."

그러나 투르누스는 자신의 명령을 듣지 않는 전차병이 바로 여동생 유투루나라는 것을 알게 되었다.

"유투루나, 너는 이 오라비를 부끄럽게 만들려는 것이냐? 우리 땅이 뺏기는 데도 구경만 하란 말이냐? 내가 죽게 될까 봐 걱정하는 모양이지만 죽으면 좀 어떠냐? 불명예로 죽는 것이 더 부끄러운 일이다."

이때 군사들이 달려오며 투르누스에게 애원했다.

"장군! 성이 공격당하고 있습니다. 여기서 이럴 때가 아닙니다. 어서 돌아가십시오."

전차에 올라 있는 한 유투루나에게서 벗어날 수 없다는 것을 알고 투르누스는 전차에서 뛰어내렸다.

"가서 싸우자! 이런 수모는 더 이상 견딜 수 없다. 아이네이아스와 일대일로 싸우겠다."

투르누스는 성을 향해 달리기 시작했다. 그가 달려가자 양쪽의 군사들은 싸움을 멈추고 물러섰다. 홍해가 갈라지듯 길이 난 곳으로 투르누스는 달렸다. 마침내 투르누스가 달려오자 아이네이아스도 성을 공격하는 병사들을 제지했다.

"잠시 기다려라. 투르누스가 오고 있다. 약속을 지킬 모양이다."

마침내 두 영웅은 성 밖의 들판에서 서로 마주보게 되었다.

"드디어 결판을 낼 수 있게 되었구나."

"내가 바라던 바다."

"오늘은 도망가지 않고 끝까지 싸울 건가?"

"그건 내가 할 소리다."

가까이서 얼굴을 확인한 두 사람은 거대한 짐승처럼 서로를 노려보며 빈틈을 찾아 싸움을 벌이기 시작했다.

"에잇, 내 칼을 받아라!"

투르누스가 먼저 공격하고 아이네이아스가 맞받아쳤다. 창을 던지고 칼을 부딪치며 격전이 벌어졌다. 여러 번의 합을 겨룬 뒤 투르누스는 마침내 빈틈을 찾아냈다. 결정적으로 아이네이아스의 목을 향해 칼을 날렸다. 그러나 그 칼은 방패에 맞아 두 동강이 나고 말았다. 아이네이아스의 방패는 신이 만들어준 것이기 때문이다. 무기가 없어진 투르누스는 후퇴할 수밖에 없었다.

"내게 칼을 다오! 어서 칼을 줘!"

주변에 있는 병사들에게서 칼을 받기 위해 투르누스가 뛰어갔다. 하지만 그 틈을 놓칠 리 없었다. 아이네이아스가 쫓아가며 외쳤다.

"너는 이제 죽은 목숨이다!"

아이네이아스는 힘껏 창을 날렸다. 하지만 창은 빗나가서 옆에 있는 올리브나무 둥치에 꽂혔다. 이것은 각자 신들이 나서서 자신이 사랑하는 영웅을 보호하고 있기 때문이었다. 이때 유투루나는 메티스쿠스로 둔갑해서 투르누스에게 건네 줄 칼을 들고 나타났다.

"여기 칼이 있습니다."

투르누스가 칼을 들고 다시 다가오면 아이네이아스의 목숨이 위태로운 걸 아는 아프로디테는 나무에 박힌 창을 붙잡고 안간힘을 쓰고 있는 아이네이아스에게 다가가 도움을 주었다. 창이 순식간에 뽑혀 나온 것이다. 그러나 신들이 직접 나서서 도와주는 것을 보자 제우스는 분노하고 말았다.

"신들은 그만하라! 더 이상 인간들의 운명을 방해하지 말도록 하라! 이 순간부터 저들의 운명을 바꾸려 하는 신들이 있다면 절대로 용서하지 않겠다!"

그 말을 듣자 헤라가 먼저 눈물을 흘리며 고개를 숙였다.

"알겠습니다. 제우스 신이시여, 제가 잘못했습니다. 유투루나를 보낸 것은 바로 접니다. 이제 이 싸움에서 손을 떼겠습니다. 하지만 부탁 하나만 들어주십시오."

"무슨 부탁이오?"

"라틴 사람들의 이름은 지킬 수 있게 해주세요. 트로이아라는 이름으로 이곳을 다시 짓는 것은 허락하지 않고 싶습니다. 트로이아 이름은 그대로 남겨두시고 이곳을 라티움이라 부르게 해주십시오."

"그 정도는 해줄 수 있소. 그러니 화를 가라앉히고 이제 저들의 싸움을 구경하시오."

헤라는 분해서 어쩔 줄 몰라 했다. 제우스는 그러한 그녀를 위로할 필요가 있었다.

"걱정하지 마시오. 두 핏줄이 결합하면 후손들은 엄청나게 위대한 민족이 될 것이오. 그 후손들은 당연히 당신을 공들여 떠받들고, 매년 제물을 바칠 것이니 마음의 분노를 거두도록 하시오."

하지만 유투루나는 헤라의 마음이 어떤지 알지 못하고 아직 지상에서 미친 듯이 투르누스를 지키려 애쓰고 있었다. 제우스 신은 죽음을 예언하는 괴물 에리니에스* 자매 셋 중 하나를 불렀다.

"너는 빨리 유투루나에게 가서 더 이상 싸움에 개입하지 말라고 전하라."

"알겠습니다."

괴물은 땅속으로 스며들더니 신속하게 움직여 나쁜 징조를 알리는 검은 새로 둔갑하였다. 검은 새는 날카로운 금속성 소리를 내더니 그대로 달려가 투르누스를 마구 쪼아댔다. 투르누스는 난데없이 나타난 검은 새가 자신을 공격하자 이것이 무슨 운명인가 알지 못해 어리둥절해했다. 하지만 유투루나는 단번에 그것을 보고 알아챘다. 모든 것이 끝난 것이다. 유투루나는 가슴을 쳤다.

'아, 우리 오빠는 죽고 싶어도 죽지 못하는 신세로구나. 이제 끝이다.'

머리를 푸른 수건으로 감싼 유투루나는 그대로 강물 속으로 뛰어 들어 사라졌다. 이때 투르누스를 겨냥한 아이네이아스의 창이 허공으로 치솟았다.

"멈춰라. 나와 싸워라. 투르누스! 나와 싸워라!"

그러자 투르누스도 외쳤다.

"나는 네가 두려운 것이 아니다. 신들께서 나에게 보내주신 징조를 보고 잠시 멈칫했을 뿐이다. 이제 승부를 가르자!"

투르누스는 커다란 바위를 들어 올렸다. 그는 전속력으로 달려와 아이네이아스를 향해 힘껏 바위를 던졌다. 그러나 손목을 구부리려는 순간 온몸에 힘이 빠지고 말았다.

"아!"

힘껏 포물선을 그리며 날아가야 할 바위가 그냥 땅바닥에 지축을 울리며 힘없이 떨어졌다. 힘이 급속도로 빠지는 것을 느끼자 투르누스는 갑자기 공포가 느껴졌다. 죽음이 가까이 온 것이었다. 그대로 죽을 수밖에 없었다. 그때 아이네이아스는 바윗돌을 떨어뜨리는 투르누스를 보고 있는 힘껏 창을 날렸다. 바람을 가르며 날아온 창은 투르누스의 방패를 뚫고 그대로 그의 허벅지에 꽂혀 그가 무릎을 꿇도록 만들었다.

"으윽!"

투르누스는 땅바닥에 모로 쓰러져 발버둥을 쳤다. 아이네이아스는 급할 것 없다는 듯

난폭하고 음산한 여신이야. 우라노스의 생식기가 잘렸을 때 그 핏방울이 떨어져 생겼다고 하는데 희생자들을 온갖 방법으로 고문하고 고통 주는 신이야. 어두운 저승 세계에 살고 있으며 죄지은 자를 응징하는 신이야. 신들이 정한 운명에 거역하는 자들을 특히 용서하지 않았어. 이건 모두 죄를 지으면 지옥에서 벌을 받는다는 상상이 만들어낸 거지.

뚜벅뚜벅 걸어가 쓰러져 있는 투르누스를 바라보았다. 한때 라틴인들을 이끌었던 위대한 영웅이 이제 죽음을 맞이하려는 것이다. 그는 칼을 들고 있었다. 투르누스는 신음 소리를 내며 말했다.

"패배를 인정한다, 아이네이아스. 이게 다 나 때문이다. 그대는 운이 좋구나. 라비니아를 차지하게 되었으니. 하지만 부탁이 있다."

"무슨 부탁이냐. 말해라."

"아직 살아 계신 내 아버지를 부디 불쌍하게 여겨다오."

그 말에 아이네이아스는 가슴이 뭉클했다. 투르누스는 계속 말을 이었다.

"나를 아버지와 동족들이 있는 곳으로 데려가주기 바란다. 내가 죽고 나면 나의 시체라도 동족들에게 건네주기를 바란다. 자비를 베풀어주기를 마지막으로 부탁한다."

아이네이아스는 멈칫했다. 다 이긴 싸움이었다. 굳이 투르누스를 죽여서 원한을 갚을 일도 없었다. 그와는 적대적으로 만났을 뿐이었다. 은혜를 베풀어 그의 손을 붙잡고 일어나 함께 새로운 나라를 건설하는 것도 나쁘지 않다는 생각이 들었다.

"그대를 형제로 받아들이겠다. 어서 내 손을 잡아라."

아이네이아스는 이제 승자의 여유를 가지고 따뜻한 손을 투르누스에게 내밀었다. 투르누스가 그 말을 믿을 수 없어 눈을 껌뻑거리며 상황을 판단하려 하고 있을 때였다.

"뭐하는가? 형제여, 손을 내밀어라. 우리는 더 이상 싸우지 말자."

이에 투르누스가 손을 내밀어 그의 손을 잡으려 했다. 가장 행복한 결말이 나타날 순간이었다.

그러나 운명은 인간의 마음이 바뀐다고 해서 쉽게 변하는 것이 아니었다. 투르누스가 몸을 일으키자 갑옷 사이에 가려져 있던, 화려하고 고급스러운 허리띠 장식이 모습을 드러낸 것이다. 그것은 투르누스가 팔라스를 죽이고 나서 전리품으로 갖고 있던 물건이었다. 그걸 본 순간 아이네이아스의 머리에서는 피가 싸늘하게 빠져나가는 느낌이었다.

"앗, 그 허리띠 장식은?"

그 순간 투르누스는 그 장식이 팔라스에게서 자신이 뺏었다는 게 기억났다.

"아, 네놈이 바로 나의 친구인 팔라스를 죽인 자로구나."

"그렇다."

"그렇다면 살려줄 수 없다. 복수의 칼을 받아라."

아이네이아스는 그대로 칼을 투르누스의 발등에 꽂아 넣었다. 단번에 목을 치지 않은 것은 고통스럽게 죽게 하려는 것이었다. 발에 있는 동맥이 끊기며 피가 콸콸 솟아 나왔다.

"아악!"

피가 서서히 빠져나가면서 투르누스는 온몸을 떨고 고통스러워하며 죽음의 강을 건너가야만 했다. 그의 영혼은 비명을 지르면서 지하 세계로 빨려 들어가고 말았다.

이로써 전쟁은 완전히 끝이 났다. 아이네이아스는 자신에게 주어진 신탁을 모두 실천했다. 패잔병 트로이아의 민족을 이끌고 새 땅을 찾아

온 것이다. 수많은 영웅들이 죽었지만 마침내 전쟁은 끝났고 트로이아 인과 라틴 사람들 사이에는 평화가 찾아왔다. 라틴인들은 새로운 이주민들을 받아들였고 트로이아인들은 라틴인들과 사이좋게 지냈다.

그러나 아이네이아스의 마음은 무겁기만 했다. 그가 가야 할 길은 단순히 적을 물리치는 것이 아니라, 흩어진 민족들을 하나로 모으고 새로운 뿌리를 내리는 일이었기 때문이다. 그중에서 가장 중요한 일이 라비니아와의 결혼이었다. 이 결혼은 두 민족을 결속시키는 약속이었다. 사람들은 두 손을 맞잡고 서로를 축복했다. 아이네이아스는 그녀와 함께 서약의 자리에 섰다. 그 순간, 그는 이 땅을 더 나은 곳으로 만들겠다는 결심을 다시 한번 다졌다.

이후 그는 새로운 도시를 건설하기 시작했다. 황폐했던 땅에는 점점 생기가 돌았다. 그는 사람들에게 말했다.

"이곳은 우리의 새로운 트로이아다. 과거를 잊지 말되, 새로운 역사를 써 내려가자."

그의 목소리는 확신에 찼고, 말 그대로 새 도시는 번영했다. 아이네이아스는 고향 트로이아의 기억을 품은 채 매일 새벽이면 도시를 둘러보면서 자신의 희생이 헛되지 않았음을 뿌듯하게 생각했다.

그 뒤 아이네이아스는 나이가 들어 세상을 떠났고 그의 모든 권력과 권한을 물려받은 이올로스는 알바롱가라는 도시를 세웠다. 세월이 흐르고 흘러 그곳은 다시 요충지가 되었으며 수많은 사람들이 모여들어 도시를 형성했다. 지혜로운 지도자들이 다스리는 나라, 찬란하고 빛나는 문화유산이 가득한 나라 위대한 로마가 그 자리에 세워진 것이다.

아프로디테의 아들이 만든 나라의 미래와 그 영광, 그리고 훗날 태어날 영웅들의 이야기는 모두 헤파이스토스가 만든 아이네이아스의 방패에 새겨진 대로 이루어졌다.

고대 세계는 훗날 바로 이 로마제국이 사방으로 세력을 뻗치며 꽃을 피우게 되었으니 이 모든 것은 위대한 지도자인 아이네이아스의 모험에서 비롯된 거였다.★

여기서 잠깐!!

아이네이아스의 모험을 다루는 《아이네이스》는 로마의 시인 베르길리우스가 기원전 30년에 쓴 작품이야. 트로이아 전쟁에서 패한 아이네이아스가 포기하지 않고 라티누스반도로 들어가 새 나라를 건설하는 과정을 그린 이야기지. 로마시대에 쓴 글이라 로마를 건국한 조상 아이네이아스를 위대하게 그려내고 있어. 그리고 초기의 그리스 로마 신화처럼 신들이 지대한 영향을 미치지는 않아. 오히려 인간의 의지를 신들이 거드는 정도라고나 할까. 그렇게 신의 시대는 저물고 인간의 시대가 오고 있음을 이 작품에서 잘 확인할 수 있지.

에필로그

인문학의 큰 산, 그리스 로마 신화

"학생 여러분! 고전 읽기 독후감 대회가 곧 다가오고 있어요. 오늘 소개할 책은 읽기 대회의 기본 도서로 정해진 《그리스 로마 신화》와 《한국 고전문학》 세트입니다. 이 책을 읽고 독후감을 써야만 상을 받을 수 있어요."

초등학교 3학년 때 교실에 찾아온 출판사 영업사원은 입에 침을 튀기면서 자신이 가져온 책을 우리들에게 소개하였다. 나는 앞뒤 가리지 않고 가장 먼저 손을 번쩍 들었다.

"저 《그리스 로마 신화》 살래요."

그렇게 교실로 찾아오는 책 장사들의 책을 나는 거의 다 구매했다.

일단 사겠다고 손들면 나중에 책 장사가 집으로 찾아와 어머니에게 돈을 받아 가는 형식이었다. 물론 현금으로 받기도 하고 매달 나눠 받아 가기도 했다. 요즘 같으면 학교에서 장사한다고 큰일 날 일이지만 과거에 책이 귀할 때는 이런 식으로 책을 사는 아이들이 꽤 있었다.

며칠 뒤《그리스 로마 신화》가 우리 집에 배달되어 왔고, 어머니는 기꺼이 책값을 지불해주셨다. 그들이 만든 책이라는 것은 요즘 기준으로 보면 조악하기 짝이 없는 수준이었다. 삽화도 없고 번듯한 표지도 없었다. 그저 최대한 돈을 적게 들여서 약간 두꺼운 표지에 흑백으로 만든 책이었다. 그래도 나는 얼씨구나, 그 책을 붙들고 알지도 못하는 지중해와 그리스로 여행을 떠났다. 마포구 대흥동의 15평 한옥집 대청마루에 누워 쏟아지는 햇볕을 받으며 나는 수많은 서양 신들을 만났다.

지금 돌이켜보면 초등학교 3학년의 내가 아무리 독서력이 좋았다고 하지만《그리스 로마 신화》를 전부 이해할 정도의 수준은 아니었다. 기억에 남는 것은 거기에 나오는 신들이 놀라운 능력을 발휘하는 내용 정도였다. 이후 익숙한 신들의 이름이 어린 시절 나의 뇌리에 살포시 자리를 잡았다. 이후《그리스 로마 신화》에 나오는 신이나 괴물의 이름은 살면서 이곳저곳에서 들려왔다.

내 삶 안의 신화들

가장 먼저 만난 것은 스핑크스라는 괴물이었다. '머리 풀고 하늘로 올라가는 것은?'(답은 연기) 같은 수수께끼 가운데 최고는 스핑크스의 수수께끼였다. '아침엔 네 발, 점심에 두 발, 저녁에는 세 발로 걷는 것은 무엇이냐?'는 가장 유명한 질문 가운데 하나였다. 어디 그뿐인가? TV 드라마 〈헤라클레스〉가 선풍적인 인기를 끌기도 했다. 흑백 텔레비전이었지만 주인공의 엄청난 근육은 어린이들의 로망이 될 지경이었다. 알고 보니 아마조네스의 여전사인 원더우먼도 《그리스 로마 신화》를 바탕으로 한 거였다.

이렇게 학교에서나 집에서 책을 읽거나 영화를 볼 때 여기저기에서 《그리스 로마 신화》의 모티브들이 계속 재생되며 자연스럽게 내 안에 자리를 잡고 말았다. 심지어는 고등학교 때 좋아하는 팝송의 제목이 쇼킹블루가 부른 미의 여신 〈비너스〉였다. 어디 그뿐인가. 명품백으로 유명한 에르메스도 신의 이름에서 따온 것이며, 난파된 호화 여객선 타이타닉호 역시 '거인'에서 유래된 이름이다. 뱀 두 마리가 지팡이를 감고 있는 상징은 병원, 혹은 의술을 상징하는데 《그리스 로마 신화》의 명의 아스클레피오스의 이야기에서 유래한 거다. 게다가 자기 자신의 아름다움에 집착하는 나르시시즘, 피그말리온 효과, 오이디푸스 콤플렉스 등.

《그리스 로마 신화》는 서구 문명의 중심축으로 헬레니즘의 중심이면서 오늘날 글로벌 스탠더드라고 해도 과언이 아니다. 게다가 인문학의 기본으로 우리의 삶은 물론이고 문화, 역사, 예술 등의 일부일 뿐 아니라 콘텐츠의 보고이다.

가장 대표적인 적인 것은 천체의 이름에 신들의 이름이 붙는 것만 봐도 알 수 있다. 수성은 머큐리(헤르메스), 금성은 비너스(아프로디테), 화성은 마르스(아레스), 목성은 주피터(제우스), 토성은 새턴(사투르누스) 천왕성은 우라누스, 해왕성은 넵튠(포세이돈), 명왕성은 플루토(하데스)이다.

어릴적 《그리스 로마 신화》를 탐독했던 내가 다시 이 책을 접한 건 작가가 되고 나서였다. 모 출판사에 일이 있어 방문해보니 《그리스 로마 신화》를 만화로 제작해 큰 인기를 얻고 있었다. 그리고 어린이들이 그리스 로마 신들의 이름을 서로 누가 더 많이 외웠는가 겨루며 게임을 즐기는 것도 보았다. 사실 《그리스 로마 신화》는 논란도 많은 텍스트인데 그것을 무비판적으로 어린이들이 받아들이는 문제도 의구심을 가지고 생각해보게 되었다.

호메로스라는 문제적 인물

그렇다면 도대체 '그리스 로마 신화'란 무엇인가? 그 출발은 그리스의 위대한 장편서사시인 호메로스로부터 시작된다. 그는 기원전 850년 (예수가 기원전 4년에 태어났으니 얼마나 오래전인가) 무렵 활동한 시각장애 시인이다. 그는 위대한 서사시 두 편을 남겼다. 서사시라는 건 역사를 소재로 한 길고 긴 이야기시라고 할 수 있다.

하나는 《일리아드》이고 나머지가 《오디세이아》이다. 이 작품은 서양문학의 최고 금자탑이라 해도 과언이 아니다. 물론 호메로스가 이걸 직접 기록으로 남긴 건 아니다. 수금을 뜯으며 노래하듯 시로 읊었을 것이다. 얼마나 유명했는지 수많은 자들이 듣고 그대로 입에서 입으로 옮기다가 기원전 6세기경에 문자로 기록된 듯하다. 《일리아드》가 1만 5000줄, 《오디세이아》가 1만 2000줄이라고 한다. 요즘 책이 한쪽에 20줄 정도라고 치면 700쪽과 600쪽이 넘는 엄청난 분량이다. 게다가 이 작품은 분량뿐만 아니라 내용적으로도 매우 뛰어나 지금도 읽으면서 감탄을 금할 수 없다. 완벽한 구성에 뛰어난 갈등 구조와 발단, 전개, 위기, 절정, 대단원에 반전까지 들어 있다.

게다가 호메로스의 작품은 문명의 스토리다. 다양한 사람들이 모이고, 창의성과 기술, 문화 예술이 한 덩어리가 되어 나온 이야기다. 사람들은 이야기를 만드는 본능을 갖고 있기 때문이다. 이런 이야기는 고대 그리스의 미케네 시대에 창조되었을 거라고 추정한다. 그 후 그리스 본토에서는 선문자가 쓰였지만 이 문자는 기원전 13세기 말에 사라지고 말았다. 그것이 그리스의 암흑시대였는데 이후 400년 동안 구전되던 신화와 전설은 기원전 8세기, 혹은 6세기에 포이니케 문자로 기록되었다. 이 혜택을 입은 자가 바로 호메로스와 헤시오도스였다. 문자가 생기자 수없이 입에서 입으로 생성되고 떠돌던 이야기는 기록의 혜택을 입기 시작했다.

《일리아드》는 원래 '일리온의 이야기'라는 뜻이다. 그런데 정작 작품을 보면 트로이아를 무대로 하고 있다. 그 이유는 트로이아의 옛 이름이 일리온이기 때문이다. 일리온이 그리스 침략자들로 인해 결국 10년의 전쟁을 거쳐 멸망하는 이야기다. 작품에서는 10년간의 전쟁을 다 얘기하지 않고 약 50일간의 전쟁 마지막 클라이맥스 부분만을 묘사하고 있다.

《오디세이아》는 이때 승리하고 돌아가는 그리스의 영웅 오디세우스의 귀향 여정을 이야기한다. 그는 포세이돈의 미움을 받아 이런 고생을 하게 되는데 《일리아드》는 분노를 모티브로 전개되는 이야기지만 《오디세이아》는 여러 이야기 요소들이 섞여 있다. 《일리아드》가 비극이라면 《오디세이아》는 낭만적이다. 《일리아드》는 인간들이 어떤 존재인가를 보여주지만 《오디세이아》는 삶의 고난을 보여준다. 한마디로 인간은 죽을 수밖에 없는데(일리아드) 그 죽는 것도 아주 고생 끝에 죽는다(오디세이아)라고 보면 된다.

호메로스의 작품은 아니지만 후대의 로마 시인인 베르길리우스의 《아이네이스》는 패배한 트로이아의 장군 아이네이아스가 바다를 떠돌다 로마제국을 건국하고 시조가 되는 이야기다. 그렇게 보면 이 세 작품이야말로 신들의 이야기에서 현실 역사로 연결되는 매개체라 할 수 있다. 신들의 비중이 줄어들고 서서히 인간 중심의 시대가 오고 있음을 알게 해준다.

그렇기 때문에 우리는 호메로스라는 인간에 대해 의심을 품어본다. 시각장애인인 그가 어떻게 이런 어마어마한 분량의 뛰어난 작품을 썼단 말인가? 물론 시각장애인들의 엄청난 능력을 나는 누구보다 잘 안다. 그들의 암기력은 거의 초인적이라 할 수 있다. 하지만 이런 전쟁의 장면 묘사는 실제로 보지 않고는 글로 쓰기 어려운 것이기에 나는 그가 중도장애인이었으리라 확신한다. 세상 볼 것 다 보고 나서 장애인이 됨으로써 그가 기억하는 것들이 모두 그의 머리 안에서 융복합을 일으켜 놀라운 결과물로 나왔으리라.

하지만 여전히 호메로스에 대해서는 의구심들이 많다. 실제로 그는 생존했던 인물일까? 집단 창작한 인물들을 모아서 호메로스라고 부른 건 아닐까? 그리고 《일리아드》와 《오디세이아》는 과연 한 작가가 쓴 게 맞을까? 구전하던 시인들이 각자 입맛대로 내용을 얼마나 넣고 뺐을까? 의문들이 꼬리에 꼬리를 문다.

이런 서사시의 전통은 고대 그리스의 비극 작가들에게 고스란히 이어진다. 아이스킬로스, 소포클레스, 에우리피데스 등이 바로 호메로스의 서사시 전통을 계승했기 때문이다. 심지어 《천일야화》의 '신드바드의 모험'이나 중국 고전인 《서유기》까지도 영향을 받아 영웅들의 모험과 여행이라는 주제를 이어가고 있다. 단테 알리기에리의 《신곡》도 그 영향 아래 있는 작품이다. 인간의 유한한 삶과 거부할 수 없는 운명을 그리스도교적 시각으로 그리고 있다지만 그 세계관은 이미 《그리스 로마 신화》에서 유래한 것이었다. 지옥과 연옥, 그리고 천국을 여행하는 형식을 취한 우화는 바로 신화에서 영웅들이 초월적인 세계를 용감하게 방문하는 모티브 그대로라고 해도 과언이 아니다. 독일의 문호 괴테조차도 이렇게 말했다.

"호메로스는 나의 원초적 모델이었다."

제기되는 문제들

신화의 무대인 그리스는 오늘날의 그리스가 아니다. 신화시대의 그리스는 영토가 지금처럼 그렇게 작지 않다. 그리고 하나의 민족도 아니었고, 하나의 국가도 아니었다. 당시에는 국가라는 개념이 존재하지 않았다. (오늘날의 지중해 연안, 아프리카 연안까지)신화 속에 나오는 모든 지역이 그리스다. 지중해 연안을 마치 자신들 앞마당처럼 이용했던 그리스는 수많은 지역의 크고 작은 민족이 다 포함되어 있었다. 우리도 오늘날 중국인이라고 다 싸잡아 말하고 있지만 실제 중국은 34개 작은 행정구

역과 56개 이상의 소수민족으로 구성되어 있는 것과 같은 이치다.

《그리스 로마 신화》는 서양 중심적인 사고방식에서 만들어진 이야기다. 이렇게 되면 문화적 편향이라는 문제가 생긴다. 《그리스 로마 신화》는 서양 문화에 국한되어 있다. 작품에서도 보면 그리스 외곽의 지역은 미개한 곳, 괴물이 많은 곳, 혹은 그리스의 영웅들이 가서 어려움을 해결해주며 함부로 해도 되는 곳으로 묘사되고 있다. 현대적 시각으로 보면 식민지로 삼아 마땅한 곳이라는 뜻이다. 그렇게 이 세상의 다양한 문화와 관점을 고려하지 않는다. 이 때문에 자칫 잘못하면 서양 중심적인 가치와 신념을 우리 어린이 청소년들에게 잘못 전파하는 부작용이 있을 수 있다. 서양이 옳고 서양이 앞서 있으며 그들이 세상의 기준이라는 생각이다.

그렇다 보니 다양성에 대한 이해를 방해할 수 있다. 일례로 신과 인간의 관계를 봐도 《그리스 로마 신화》에서 신들은 인간의 삶에 깊이 관여한다. 인간의 형태를 취하기도 하며 직접 사건을 만들거나 해결한다. 우리의 전통적인 관념에서는 천신(天神)과 지신(地神), 조상신 등이 있긴 하지만 대부분 직접적이고 개인적인 관계를 맺지는 않는다. 신은 신이고 인간은 인간으로 구분되기 때문이다.

또한 신의 혈통을 이어받아 인간 이상의 능력을 가진 존재가 그리스의 영웅이라면 우리의 영웅들은 주로 민중 가운데 한 사람으로 지혜나 용기, 희생 정신을 바탕으로 난관을 극복한다. 홍길동이나 임꺽정을 보면 바로 알 수 있다.

가족 관계와 윤리적 가치 면에서 《그리스 로마 신화》 속의 가족 관계는 매우 복잡하고 극단적인데 가족간의 경쟁, 배신, 살인까지 다룬다. 하지만 우리는 효(孝), 정(情), 충(忠) 같은 윤리적 가치를 중요하게 생각하고 가족간의 갈등보다는 화합과 존중을 강조한다.

이런 점은 문화간의 상호작용과 영향을 이해하는 데 어려움을 겪을 수 있으며 다양성도 부족하게 만든다. 문화의 기본적인 속성은 다양성이다. 우리가 해외여행을 좋아하는 이유는 바로 자신이 속한 문화권에서 경험할 수 없는 새로운 문화를 경험할 수 있기 때문이다. 세계는 다양한 문화가 용광로처럼 엉켜 역동적으로 흘러가는 곳이다. 그렇기에 어느 문화가 다른 어느 문화보다 우월하다고 볼 수 없다. 이건 마치 한국어가 에스키모 언어보다 우월하다고 생각하는 것과 마찬가지의 우를 범할 수 있기 때문이다. 예를 들이 한국어에는 우리가 자주 쓰는 눈(雪)에 대한 어휘가 고작 대여섯 개뿐이지만 에스키모 언어에서는 눈의 종류만 해도 수십 개의 단어를 사용하고 있다. 이렇기 때문에 문화는 결코 우월을 논할 수 없다.

또 하나의 문제는 《그리스 로마 신화》의 과도한 성적 관계와 묘사를 청소년들에게 어떻게 설명할 수 있는가이다. 이를 이해하기 위해서는 당시의 문화적 맥락을 먼저 알아야만 한다. 《그리스 로마 신화》에 나오는 성적 묘사는 그 당시의 문화와 사회적 배경을 이해하는 데 중요한 요소다. 이 역시 앞서의 문화적 차이와도 무관하지 않다. 지역마다 다양한 문화가 있듯 다양한 성문화가 존재한다. 이러한 묘사는 신화의 특정 이야기나 신들의 특성을 설명하기 위해 필요하며 사회적 관습을 반영하기 위한 것이다. 청소년들에게 이러한 문화적 맥락을 설명함으로

써 과도한 성적 관계를 이해하는 데 도움이 될 수 있다. 무엇보다 우리의 일부일처, 남녀칠세부동석(男女七歲不同席) 같은 개념이 생긴 게 기원전 500년이라면 신화의 시대는 훨씬 그 이전이기 때문이다. 호메로스는 기원전 8세기 사람이 아니던가.

오히려 이런 신들의 외도와 주인공들의 말도 안 되는 성적 욕망은 청소년들에게 윤리나 도덕의 가치 기준을 설정하는 데 큰 도움이 된다. 청소년들과 함께《그리스 로마 신화》에 나오는 성적 내용을 이해하고 토론하는 과정은 무척 중요하다. 이를 통해 청소년들은 성에 대한 건전한 태도와 책임감을 배울 수도 있다. 또한, 과도한 성적 묘사가 현대 사회에서 어떻게 다뤄지고 있는지에 대한 토론도 함께 진행하여 이를 비판적으로 바라볼 수 있도록 도움을 줄 수 있다.《그리스 로마 신화》를 그냥 스토리로 읽어버리면 안 되는 이유가 바로 그것이다.

보석보다 귀한 의미와 가치

《그리스 로마 신화》에는 성적인 내용 외에도 다양한 의미와 가치가 담겨 있다. 청소년들에게는 신화가 인간성, 도덕적인 선택, 우정과 가족에 대한 이해를 높이는 데 도움이 될 수 있다는 점을 강조할 필요가 있다. 이러한 관점에서 신화를 이해함으로써 보다 깊은 인간적 가치에 대한 이해를 증진할 수 있다.

현대에는 사실 신의 존재나 종교의 영향력이 미미하다. 그런데도 이런 신화가 관심을 얻는 것은 다양한 해석이 가능하기 때문이다. 그 해석이 신화의 진정한 의미임을 알아내는 것이 중요하다.

첫째는 다양성과 포용성이다. 오늘날 세계는 다양한 문화적 배경과 관점이 존재한다. 그렇기 때문에 신화를 해석할 때는 서양 중심적인 사고에서 벗어나 다양한 문화를 포용하고 이해할 수 있는 자세가 필요하다. 다른 문화나 종교의 신화들을 이해하고 수용함으로써 다양성과 포용성을 증진할 수 있다.

둘째는 상징과 의미다. 신화는 종종 상징적인 의미를 가지고 있다. 현대에는 이러한 상징과 의미를 새롭게 해석하여 적용할 수 있다. 예를 들어, 그리스 신화의 '아테나'는 지혜와 전략을 상징하는 것으로 볼 수 있으며, 이를 현대 사회에서는 지식과 현명함을 추구하는 데 적용할 수 있다.

마지막으로 신화는 종종 인간 심리와 사회적 구조에 대한 통찰력을 제공한다. 현대에는 이러한 통찰력을 토대로 인간의 본성과 사회적 상황을 이해하는 데 신화를 활용할 수 있다. 예를 들어, 그리스 신화의 '나르시시즘'은 자기애와 자아 중심적인 태도를 나타내며, 현대 사회에서는 이러한 행동 양식에 대한 경각심을 높일 수 있다.

문학의 고향인《그리스 로마 신화》

괴테의 소설《젊은 베르테르의 슬픔》의 주인공 베르테르는 매일 시간을 보내는 우물가에서 사람들을 쳐다보며 사색하는 청년이다. 그는 세상에서 상처 입고 돌아오면 항상 호메로스의 시를 읽었다. 왜 그랬을까? 그는 번민 속에서 방황하며 들끓는 가슴을 호메로스를 자장가 삼아 잠재우며 지냈다.

《그리스 로마 신화》는 고대 문명의 지혜와 가치를 담고 있어 젊은 독자들에게 역사적 이해를 제공한다. 이야기 속의 다양한 신과 영웅들은 용기, 정의, 지혜와 같은 덕목을 우리에게 가르쳐준다. 이것은 어린이와 청소년의 도덕적 성장에도 기여한다. 그렇기에 신화는 삶의 근본적인 질문과 문제에 대해 탐구하며, 젊은이들이 삶과 존재에 대해 생각하게 한다.

예를 들면, '사랑은 무엇일까?', '남녀 관계는 어떤 건가?'라는 질문은 어린이 청소년들이 아직 겪어보지 못한 문제로《그리스 로마 신화》에서는 아주 중요한 소재이다. 그도 그럴 것이 사랑이 없으면 이 세상 만물은 존재할 수 없기 때문이다. 그런 사랑이 어떻게 맺어지고 어떻게 변화하며 어떻게 파탄이 나는지 등을《그리스 로마 신화》에서는 제대로 보여준다. 심지어 외모 지상주의적이기까지 하다. 신화 속 주인공은 모두 잘생긴 영웅에 아름다운 여신이다. 따라서 우리는 인간의 본성이 무엇에 끌리는지 잘 관찰할 수 있으며, 그러면서 교훈을 얻는다. 남자는 어떤 존재인지, 여자는 또한 어떤 존재인지도 이해하게 된다.

《그리스 로마 신화》의 복잡한 캐릭터와 흥미로운 줄거리는 독자들의 상상력을 자극하고 창의적 사고를 발달시킨다. 문제 해결과 갈등 해소 과정에서 보여지는 이야기들은 어린이와 청소년에게 중요한 인생 교훈을 제공한다. 어린이와 청소년들은 자신과 비슷한 나이의 영웅들의 이야기를 통해 자신감과 자아실현의 중요성을 배운다. 신화는 언어와 문학에 대한 흥미를 불러일으키며, 이야기를 통한 의사소통 능력을 향상시킨다. 또한 선과 악, 선택과 결과에 대한 이해를 돕고, 도덕적 판단 능력도 강화한다.

영웅들이 주는 감동

《그리스 로마 신화》에서 우리가 배울 수 있는 중요한 점 중 하나는 운명에 맞서 싸우는 영웅들의 이야기를 통해서도 드러난다. 이러한 영웅들은 자신의 운명을 수용하되, 그 안에서 최선을 다해 행동함으로써 인간의 의지와 힘을 보여준다. 헤라클레스는 운명에 부과된 열두 가지 과업을 통해 인간의 한계를 뛰어넘는 의지력과 지구력을 보여준다. 또한 헤라클레스의 모험은 중의적이다. 그가 극복했다는 괴물이나 난관은 사실 그리스의 식민지 개척의 역사를 비유적으로 상징하는 거다.

오디세우스의 긴 귀향 여정은 영리함과 기지를 바탕으로 운명의 시련과 장애물을 극복하는 지혜를 가르친다. 평범한 인간이라면 이런 고난에서 살아남을 수 없었을 거다. 하지만 오디세우스는 달랐다. 아내 곁으로 돌아가겠다는 일념으로 결국 목표를 달성하고 만다.

아킬레우스는 명예와 운명 사이에서 갈등하며, 개인의 선택이 영웅의 삶과 운명을 어떻게 형성하는지를 보여준다. 페르세우스는 불가능해 보이는 임무에 도전하며, 용기와 결단력이 어떻게 운명을 바꿀 수 있는지를 드러낸다. 프로메테우스는 인류에게 불을 가져다주며, 자신의 운명을 희생하면서도 진리와 이상을 위해 싸우는 영웅의 모습을 보여준다. 이아손의 황금 양털 탐색은 팀워크와 협력이 어떻게 개인의 운명을 넘어서 민족적인 성취를 가능하게 하는지를 말해준다. 이카로스의 비행은 높은 이상을 향한 열망과 그에 따르는 위험을 상징하며, 운명에 도전하는 인간의 욕망을 드러낸다. 다이달로스는 창의력과 지혜로 자신과 아들의 운명을 바꾸려 하지만, 인간의 한계와 운명의 무게를 깨닫게 한다.

이러한 영웅들의 이야기는 우리에게 운명이라는 개념을 단순히 순응할 것이 아니라, 그 안에서 적극적으로 행동하며 자신의 길을 찾아야 한다는 교훈을 준다. 《그리스 로마 신화》속 영웅들은 자신의 운명에 도전하면서도, 그 과정에서 인간적인 미덕과 가치를 추구함으로써 우리에게 인생을 살아가는 방식에 대한 영감을 제공한다.

이 책에서 어린이와 청소년은 영웅들의 여정을 따라가며 자신의 삶을 깊이 성찰하고, 개인적인 성장을 경험한다. 신화 속 이야기는 인간관계와 사회적 상호작용에 대한 귀중한 교훈을 담고 있기 때문이다.

다양한 괴물들의 상징

《그리스 로마 신화》에서는 괴물들이 참 많이 등장한다. 이것은 분명 어린이들이 좋아하는 이야기 요소다. 이런 괴물은 절대 그냥 만들어진 것이 아니다. 괴물을 상상해낸 것이 바로 인간이기 때문이다. 따라서 이 괴물의 의미를 알고 《그리스 로마 신화》를 읽는 것은 내용을 훨씬 잘 파악하는 데 도움을 준다.

첫째로 괴물은 상징적인 의미를 지니고 있다. 정말 눈앞의 기괴한 괴물을 말하는 것이 아니기 때문이다. 《그리스 로마 신화》에서 괴물들은 다양한 상징으로 쓰이는데 알 수 없는 공포와 책임, 또는 난관, 관계 등이 그것이다. 예를 든다면 현대의 학생들이 반드시 치러야 하는 입시

경쟁이나 학원 등을 괴물로 표현할 수 있는 것이다.

괴물의 또 다른 의미는 사회적 질서를 위협하는 존재라 할 수 있다. 예를 들면 티탄들은 신들의 질서를 위협하는 강력한 존재로 나타난다. 이런 의미를 확대하면 인간들이 어찌 해볼 수 없는 거인, 다시 말해 자연재해, 전쟁, 민족간의 갈등, 차별이나 편견 같은 것이 될 수도 있다. 사회적으로 발생하는 문제들이 다 괴물이라는 상징으로 인간에게 고통을 주는 것이다. 실제로 그리스와 인근 지역은 지금도 끊임없이 화산이 폭발하고 지진이 일어나는 곳이다.

이런 괴물이 있기에 영웅의 존재는 더더욱 빛이 난다. 운명에 도전하고 시험해보기 때문이다. 이러한 괴물들을 물리치는 과정은 영웅의 성장과 발전을 나타내는 중요한 요소이다. 그리스 신화에서 히드라나 미노타우로스 같은 괴물들은 영웅들의 모험과 성공을 위한 장애물로 등장한다. 물론 인간 영웅이 결국에는 이 괴물들을 다 이긴다. 이것은 바로《그리스 로마 신화》가 우리에게 희망을 주는 이유다. 불안정과 어두움, 그리고 위험성으로 대표되는 괴물들을 영웅이 나서서 안정시키고 밝고 안전하게 만드는 거다.

신이 아닌 인간의 가능성

고대 그리스 로마 시대의 신들이 지녔던 전지전능한 힘은 오늘날 인간이 그들을 탐구하고 이해하기 시작하면서, 우리의 무한한 가능성을 상징하는 것이 되었다. 이는 과학, 기술, 예술, 철학 등 다양한 분야에서의 발전을 통해 명백히 드러난다. 신화 속 신들은 자연 현상을 조종하고 인간의 운명을 결정짓는 힘을 가졌지만, 오늘날 인간은 과학과 기술을 통해 자연을 이해하고 변화시키는 능력을 갖게 되었다.

의학의 발전은 그동안 신의 영역으로 여겨졌던 생명을 구하고 연장하는 일에 인간이 개입할 수 있도록 했다. 컴퓨터와 인터넷은 전지전능하게 정보를 취득하고 공유하는 신적 능력을 인간에게 부여했다. 우주 탐사는 하늘과 별에 대한 신의 지배를 넘어서 인간이 우주의 비밀을 탐구하게 했다. 인공지능과 로봇 공학은 창조와 지능이라는 신의 영역에 인간이 도전하게 만들었다. 유전 공학은 생명의 본질을 조작하고 개선하는 능력을 인간에게 부여했다. 재생 가능 에너지와 지속 가능한 개발 덕분에 지구를 보호하고 복원하는 신의 역할을 인간이 수행하게 되었으며, 소셜 미디어는 인간이 신과 같이 메시지를 전파하고 수많은 사람들과 소통할 수 있게 만들었다. 가상현실과 증강 현실은 신화 속 다른 세계를 탐험하는 신의 능력을 현실로 가져왔다. 철학과 윤리학의 발전은 인간이 옳고 그름을 판단하는 신의 지혜에 도전하게 만들었다.

이 모든 진보는 신화시대의 신들이 지녔던 전지전능한 힘을 인간이 실질적으로 차근차근 확보해 나가고 있음을 보여준다. 인간의 창조적이고 탐구적인 정신은 우리의 한계를 극복하고, 신화시대에는 상상조차 할 수 없었던 업적을 달성할 수 있는 무한한 가능성을 지니고 있음을 증명한다. 결국, 인간의 무한한 가능성은 과거 신들의 전지전능함을 넘어서, 스스로의 운명을 개척하고 새로운 세계를 창조해 나가는 데 있다.

각각의 신화는 단순한 이야기를 넘어서 인간의 본성, 사회적 가치, 그리고 우리가 살아가는 세계에 대한 이해를 돕는다. 또한 고대 문명의 역사와 문화를 탐구하는 흥미로운 창을 제공하며, 과거와 현재를 연결하는 지식의 교량 역할을 한다.

신화 속 인물들의 여정과 모험은 문제 해결 능력과 창의적 사고를 발달시키는 데 기여한다. 이야기에서 나타나는 갈등과 해결 과정은 도덕적 판단력과 윤리적 사고를 키우는 데 중요한 역할을 한다.

신화는 자연 현상과 인간 삶의 사건들에 대한 고대인들의 해석을 담고 있어, 과학적 호기심과 탐구 정신을 자극한다. 영웅과 신들의 이야기를 통해 우리는 리더십, 용기, 희생 등의 중요한 가치를 배울 수 있으며, 문학적 요소와 언어의 아름다움을 통해 언어 감각을 키우고, 문학에 대한 관심과 이해를 증진시킨다.

뿐만 아니라 신화를 통해 다양한 문화적 배경과 전통을 이해함으로써, 글로벌 시민으로서의 인식과 포용력을 기르고, 예술, 음악, 문학 등 다양한 창작 활동에 영감을 제공하며, 창의적 표현력을 강화할 수 있다. 이야기 속에서 나타나는 인물들의 선택과 그 결과는 책임감 있는 결정을 내리는 중요성을 가르친다.

신화 속의 상징과 은유는 추상적 사고와 비판적 분석 능력을 발달시키는 데에도 도움을 준다. 인간과 신, 자연의 관계를 통해 환경에 대한 존중과 지속 가능한 삶의 중요성을 배운다. 신화는 시간을 초월한 인간의 질문과 탐구를 반영하여, 평생 학습의 태도와 호기심을 장려한다. 고대의 영웅들이 직면한 도전과 시련은 개인의 성장과 자기 계발의 중요성을 강조한다. 신화는 공동체의 가치와 사회적 유대감의 중요성을 보여주며, 협동과 공감 능력을 발달시킨다.

이 책은 이러한 내용을 통해 어린이와 청소년들에게 지식을 전달할 뿐만 아니라, 세상을 보는 방식을 넓히고, 자신의 위치를 사회와 우주 속에서 재고하게 만들 것이다.

이제는 줄어든 신들의 영향력

《그리스 로마 신화》에서 신은 인간 삶의 거의 모든 측면에 관여하면서 막대한 영향력을 미쳤다. 인간들은 신을 경외하고 두려워했으며, 신의 명령과 신의 의지에 따라 행동했다. 그들이 인간의 지력과 행동력 모두를 지배했다고 해도 과언이 아니다.

그러나 현대 사회에서는 과학과 기술의 발전으로 신의 존재와 영향력이 축소되고 있다. 예를 들어 제우스의 절대 권력과 힘의 상징인 천둥과 번개는 이제 실험실에서도 만들 수 있다. 인간은 핵무기를 만들어 지구 전체를 망가뜨릴 수 있는 힘까지 갖게 된 것이 현실이다. 그런 상황에 신들이 비집고 들어올 틈은 없다.

또한, 신에 대한 숭배는 《그리스 로마 신화》에 한정된 것이다. 현대는 전세계적으로 세계화가 이루어지면서 사람들은 다양한 종교적 관점을 접할 수 있다. 우리나라만 해도 신앙의 자유가 보장되는 자유민주주의 국가이며, 전세계의 다양한 사람들이 각각 그들만의 종교를 보호받고 있다. 이렇게 신의 존재는 인간들의 다양한 사고로 인해 그 의미가 흐려지고 있다.

이러한 사회적 변화로 인해 신의 영향력은 과거와 같이 절대적이지 못하다. 개인과 사회의 가치관, 도덕적 기준 등에 대한 중요성이 상대적으로 감소하고 있기 때문이다. 그리고 무엇보다도 현대 과학의 발전과 논리적인 사고의 확대로 인해 증명할 수 없는 신에 대한 추앙이나 믿음은 점점 더 약해지고 있다. 일례로 과거 신이 절대적인 영향력을 미쳤던 유럽에 가보면 교회에 신자가 부족해서 사제가 직접 나서 관광객들에게 성당 보수 비용을 모금하고 있을 정도다. 신에 대한 믿음은 개인의 소중함과 성장에 의해 조금씩 변화하며 미약해지고 있다.

하지만, 여전히 종교적 신념과 관행은 문화의 하나로 자리 잡고 삶의 다양한 영역에 깊은 영향을 미치고 있다. 신앙과 종교적 실천이 사람들에게 희망과 안정을 제공하며, 삶의 목적과 의미를 찾는 데 도움을 주기도 하기 때문이다.

《그리스 로마 신화》 재창작의 의미

내가 어린이와 청소년을 위한 《그리스 로마 신화》를 쓴 것은 큰 의미가 있다. 그동안 나는 주로 동화와 청소년 대상의 소설을 써왔다. 그 주제 역시 인간성, 성장의 고통, 우정, 사랑 등 청소년들의 정서적, 도덕적 성장을 돕는 데 중점을 두었다. 물론 이를 통해 약간은 세상을 바꿔보겠다는 욕심도 있었다. 어린이 청소년이 미래의 주역이기 때문이다. 이러한 내가 《그리스 로마 신화》를 다시 써본다는 것은 몇 가지의 의미를 지닌다.

가장 먼저 교육적 가치를 말하지 않을 수 없다. 나는 교사자격증만 없지 자칭 비공인 교육자라고 스스로 생각하는 작가이기 때문이다. 《그리스 로마 신화》는 인간의 본성, 윤리, 문화, 사회 등 다양한 측면을 들여다볼 수 있는 풍부한 교육적 소재를 가지고 있다. 한마디로 교육 콘텐츠의 보고라고 해도 과언이 아니다. 그렇기에 지금까지 전 세계의 독자들에게 사랑을 받는 것이다. 나는 이러한 신화를 통해 어린이와 청소년들에게 삶의 교훈, 도덕적 가치, 인간과 사회에 대한 이해를 더욱 깊게 심어주고 싶었다.

그다음으로는 상상력과 창의력의 촉진이다. 신화야말로 상상력이 풍부한 이야기다. 읽다 보면 어린이와 청소년들의 창의력과 사고력을 크게 자극한다. 물론 부적절한 내용들도 없지 않지만 그건 극히 일부분이다. 작가인 나는 이러한 신화를 재해석하고 현대적 관점에서 재구성함으로써 청소년들이 더 넓은 시각으로 세상을 바라볼 수 있도록 돕고 싶다. 온고지신을 실현해보고 싶은 것이다. 깊이와 지식을 가진 독자들이 결국은 지혜로까지 나아가도록 돕고 싶었다.

세 번째는 문화적 소양의 확장을 들 수 있다.《그리스 로마 신화》는 서구 문화의 기초가 되며, 이를 통해 어린이와 청소년들은 다양한 문화적 배경에 대한 지식과 이해를 넓힐 수 있다. 그리스나 로마에 가보지 않아도 그들이 어떤 사람들이며 어떤 생각을 갖고 어떤 문화적 금자탑을 이루었는지 알 수 있다. 나는 이 작품을 통해 독자들에게 문화적 다양성과 역사적 깊이를 탐구할 기회를 제공하고 싶다. 이런 문화적 소양의 함양이 중요한 이유는 바로 그 안에서 인간성이 꽃피기 때문이다.

인간성에 대한 탐구는 인간 내면의 심리와 감정, 사회적 관계에 대한 탐구를 말한다. 그러한 탐구는 수천 년 전 신화의 스토리텔링 안에서 확장하고 깊이 있게 다룰 수 있다. 신화 속 인물들의 여정과 시련은 현대의 어린이와 청소년들이 겪는 성장의 과정과 유사한 점이 너무나도 많다. 신화 속의 영웅들은 지덕체를 기르면서 때로는 충동적인 실수를 저지르고, 때로는 반성하거나 인내심 부족으로 결정적 실패를 맛보기도 한다. 물론 끝끝내 자신에게 주어진 과업을 완수하며 독자들의 공감과 이해를 불러일으킨다.

끝으로 신화는 도덕적, 윤리적 교훈을 담고 있다. 많고 적음, 혹은 깊고 얕음의 차이가 있을 뿐 그런 덕목을 지니고 있다. 나는 이러한 교훈을 현대적 문맥으로 재해석하여, 오늘날 어린이와 청소년들이 직면한 문제와 갈등을 해결하는 데 도움을 줄 수 있는 지혜를 제공하고자 했다. 그것이 바로 다른 책에는 없는 주석이라 할 수 있다. 주석에 실린 견해는 전적으로 작가인 내가 60년 넘게 살면서 겪은 경험과 지식, 그리고 지혜의 관점에서 독자들에게 들려주는 작은 가르침이다. 어디까지나 나의 관점임을 알고 읽어준다면 비판할 부분도 있을 것이고 더 나아가 자신의 생각과 다르다는 반론도 있을 것이다. 그렇다면 나로서는 크게 환영하는 바이며 큰 기쁨이 된다.

내가 이 작품을 독자들의 이해 수준에 맞게 재해석하여 쓴 이유는 단순한 고전의 전달을 넘어서 독자들의 인생에 실질적인 영향을 미치는 교훈과 가치를 제공하고 싶기 때문임을 알아주길 바란다.

집필의 어려움

이 작품들은 앞서 호메로스에 대한 의구심 대목에서 언급했듯 나 역시 큰 의심을 가지고 대할 수밖에 없었다. 《그리스 로마 신화》의 가장 큰 문제는 이야기의 방대함이었다. 등장하는 신들도 많았고, 언급한 사람들마다 각자의 해석으로 《그리스 로마 신화》를 고쳐 쓰고 있었다. 사전을 찾아봐도 크게 다르지 않았다. 여기저기 구구한 해석과 설(說)들을 사전에서도 그대로 소개할 뿐이다. 심지어 누구의 아들인지 딸인지조차 여러가지 설이 있었다.

그리고 그들이 만드는 이야기들은 또 얼마나 뒤죽박죽인지 모른다. 과거의 인물이 다시 나오고 시간대가 안 맞는 건 애교에 속했다. 리얼리즘 작가로서의 기준이 모두 다 무너질 정도였다. 게다가 한 번 했던 이야기를 또 하고, 반복하며 조금씩 왜곡해서 서술하는 데는 정말 머리에서 쥐가 날 정도였다.

하지만 내가 누구인가? 이미 국문학 전공자로서 이보다 더 난감하고 어려운 한국의 고전소설을 다수 읽어낸 사람이다. 길고 긴 이야기가 구술로 전승될 때 생기는 문제는 이미 간파하고 있다. '부분의 독자성'이라는 조동일 선생의 혜안 덕에 《그리스 로마 신화》 역시 충분히 이해가 가능하다. 인기 많은 부분이 즐겨 낭송되다 보면 갑자기 낭송자가 흥에 겨워 과거 영웅을 마구 소환하는 거다. 이렇게 되다 보니 리얼리즘의 시각으로 보면 앞뒤가 맞지 않아 두뇌 회로에 버퍼링이 생기게 마련이다. 필자는 이런 것을 감안하여 고대 시인들의 의도는 충분히 살리면서 주석을 통해 해설을 달았다. 주석을 읽으며 작품을 읽으면 훨씬 깊이 있는 지식이 축적될 것이다.

아이네이아스의 경우 오디세우스의 후손이라 해도 과언이 아니다. 다른 점이 있다면 그 책임감에 있어서는 아이네이아스가 한 수 위다.

그는 한 민족을 이끌고 험난한 여정에 나섰기 때문이다. 오디세우스는 혼자 어떻게든 살아남아 고향으로 돌아간다는 것이었다. 아이네이아스는 리더로서의 의미가 더 강하다 할 수 있다. 그러면서 각종 시행착오와 함께 인내심과 용기를 잃지 않는다. 게다가 아이네이아스는 동정심은 물론이고, 가족과 동료에게 자상한 인물이다. 효심이 깊은 건 말할 것도 없으며 한 마디로 뛰어난 리더의 덕목을 잘 갖추고 있는 이상적인 인물이다.

인명 표기에 대하여

수많은 《그리스 로마 신화》의 책들을 보면 대개 그 이름을 어떻게 표기하느냐를 두고 많은 에너지를 소모한다. 일례로 같은 신이나 영웅의 이름도 그 표기가 제각각이기 때문이다. 이건 고대 그리스어를 각자의 언어로 읽은 것이 또 우리에게 중역되어 전해져 왔기 때문이다. 오뒤세우스, 오디세이, 오디세우스, 오딧세이야……. 어느 걸 선택하느냐가 고민거리인 건 사실이다.

그러나 이것은 이미 내가 《고정욱 삼국지》를 쓰면서 비슷하게 생각했던 고민이다. 유비, 관우, 장비는 한자의 우리식 발음이고 중국어 본토 발음은 리우뻬이, 꽌위, 짱페이였다. 원래 그 나라 발음으로 쓰는 것이 맞는 거였다. 습근평이 시진핑이고 모택동이 마오쩌뚱인 것과 마찬가지다.

하지만 나는 독자 위주로 표기하기로 했다. 우리 독자들에게 친숙한 이름을 쓰기로 한 거다. 그 결과 제갈량의 경우는 그의 이름과 성이 제갈량이 맞지만 독자에게 친숙한 건 제갈공명이었다. 공명은 그의 호였지만 그게 우리 정서에 더 와 닿기 때문이다 이는 조자룡도 마찬가지였다. 본명대로 쓰면 조운이어야 하지만 조자룡이 더 친숙해 그 이름을 그대로 살린 거다.

《그리스 로마 신화》도 그러한 나만의 원칙을 적용키로 했다. 가장 우리의 귀에 익숙하고 부르기 좋은 이름으로 쓰게 되었다.

그 결과, 표기는 마구 뒤섞여 있을 수 있지만 독자들이 읽기에는 큰 부담이 없을 것이다. 왜냐하면 신과 영웅의 삶에 대한 서사와 그들의 본질에는 변화가 전혀 없기 때문이다. 그리스인들은 자신들의 이야기를 잘 기록하고 잘 만들었으며 무엇보다 재미있게 꾸몄고 오래 보존했다. 그 점만 존중하면 될 뿐, 등장하는 신들이나 영웅의 이름이 큰 문제는 아니라고 믿는다. 그렇지만 이 책의 표기법을 나름 체계적으로 정리할 필요는 있다.

이 책에서 그리스 인명은 가급적 그리스 발음대로 적었다. 하지만 라틴어나 현대어가 더 잘 알려져 있으면 피에르 그리말의《그리스 로마 신화사전》의 표기에서 크게 어긋나지 않도록 노력했다.

《그리스 로마 신화》는 아주 세밀하고 구체적이다. 그 묘사가 다른 동시대나 후대의 서사가 따라올 수 없는 지경이다. 우리의 단군신화라는 것도 살펴보면 이야기가 고작 몇 줄에 불과하다. 묘사나 대화가 이어지기보다는 서술로 설명하고 말았다. 하지만 훨씬 이전에 만들어진《그리스 로마 신화》는 생생하고 다채롭다. 게다가 중국, 인도, 아프리카, 러시아, 이란, 북유럽 신화와도 유사하다. 심지어 우리네 신화와도 겹치는 부분이 많다. 이건 바로 인간의 구조주의에 의해 설명되는 원형 이론과 맥이 닿아 있기 때문이다. 그렇지만 특이한 점은《그리스 로마 신화》는 시인들의 서사시였다는 점이다. 한마디로 시인들이 만들어낸 이야기라는 점이다.

시인들은 바로 신의 모습에 인간의 본성을 담아냈다. 신과 인간이 동등하게 싸우기도 하고 경쟁도 하고 결혼도 한다. 이 모순투성이 세상을 창조한 자들답게 그들 역시 모순으로 가득 찬 존재들이다. 인간을 사랑하다 증오하고, 그들을 도와주지만 단서를 달아 구렁텅이에 빠뜨리고, 원칙주의자들이지만 예외가 있고, 호전적이지만 사랑스럽고, 지혜롭지만 어리석으며, 친절하지만 잔인하고, 너그러우면서 시기하고 질투하며, 아량 있는 듯하지만 속이 좁은 신들의 속성은 곧 인간의 속성이다.

나의 롤모델, 헤파이스토스

헤파이스토스를 떠올릴 때마다 마치 내 안의 또 다른 나를 보는 듯한 기분이 든다. 그는 장애를 갖고 태어나 어머니 헤라에게조차 버림을 받았다. 신들의 세계에서조차 받아들여지지 않은 그는, 철저히 혼자였고 세상과 거리를 둔 채 고독하게 살아야만 했다. 하지만 나는 그와 달랐다. 나의 어머니는 무한한 사랑 속에서 나를 길렀으니 나는 분명히 신보다 운이 좋다.

하지만 이 작품을 쓰면서 그의 상처와 고통이 주는 깊은 울림은 여전히 남의 일 같지 않다. 몸에 장애가 있는 불완전한 상태가 남들에게는 불편하거나 불완전하게 보일 수도 있다. 하지만 그건 모습일 뿐 능력은 아니다. 헤파이스토스는 신들의 세상에서 자신의 자리를 스스로 만들고, 자신만의 방식으로 신들에게 인정을 받았다. 자신만의 가치를 증명한 것이다. 어디 그뿐인가. 가장 아름다운 여신 아프로디테가 그의 아내이다.

그에게서 나는 내 안의 불꽃을 포기하지 않아야 함을 배운다. 내게 그는 신 중에서도 특별하고 위대한 존재다. 자신의 불완전함을 단단하게 받아들이고 오히려 그것을 무기로 삼아 수많은 고난과 시련을 이겨냈기 때문이다. 불을 다루는 그의 손은 거칠고 흉터가 많이 남았을지 몰라도, 그 뜨거운 열정은 쇠처럼 단단한 의지를 담아내고 있었다. 그가 불과 쇠를 다루며 무기와 예술품들을 만들 듯 나도 장애가 있지만 위대한 작품을 쓰고자 노력한다.

세상에는 여전히 장애인에 대한 차별과 편견이 남아 있지만, 나는 헤파이스토스를 통해 장애가 결코 결핍이 아니라는 것을 배운다. 그가 스스로 만든 세계에서 신들조차 감히 그를 함부로 대하지 못한 것처럼, 나도 내 공간과 삶을 단단히 지키며 살 것이다. 신들의 세계에서 버림받고도 홀로 우뚝 선 그는, 지금도 내게 '그럼에도 불구하고'의 의미를 가르쳐준다.

《그리스 로마 신화》를 읽으면 인간을 더 잘 이해할 수 있다. 아니, 바로 나 자신을 이해하게 된다. 그리고 모자라고 흠집투성이인 나를 용서할 수 있다. 신들이 저런데 인간인 나야말로 오죽하겠는가 하는 위안을 주기 때문이다.

이 작품의 첫 번째 목표는 독자들이 신화를 쉽고 재미있으며 의미 있게 소개하는 것이었다. 그것은 작가로서 내가 반드시 해야 할 일이기 때문이다. 어릴 때 읽었던 경험에 의하면 신들의 이름도 어렵고, 그들이 벌이는 사건들도 도무지 납득이 되지 않는 것이 많았다. 우리에게 크게 도움이 되지 않는 내용들도 덜어내야만 했다.

두 번째 목표는 다른 작가들이 별로 시도하지 않은 해석을 하는 일이었다. 주석의 형태를 취한 해석은 더 나아가 다양한 일설을 소개하며 문학을 전공한 작가로서의 내 작은 오지랖이기도 하다. 물론 주석의 형태로 보이는 나의 해석 역시 수많은 해석 가운데 하나일 뿐이다. 맞고 틀리고보다는 어느 해석이 더 재미있느냐를 따지는 게 맞을 것이다. 어차피 신은 실제적 존재가 아니라 상징적인 존재이니까. 그 상징은 시대에 따라 변하기 마련이다. 상징은 얼마든지 늘 새롭게 해석되는 법이다.

그렇기에 그리스인을 진보적이고 합리적이며 이 지구상에 다시 오지 않을 우수한 민족으로 볼 필요는 없다.(지금 그리스는 유럽의 환자가 되어 국가 재정이 바닥나고 경제위기를 겪고 있다. 뿐만 아니라 오랜 기간 튀르키예의 지배를 받은 식민지이기도 했다.) 그들의 신화를 읽고 즐긴다고 그들까지 존경할 필요는 없다. 해녀였던 우리 할머니는 제주도의 놀라운 이야기들을 어린 나에게 많이 들려주었지만 그런 할머니를 기억하고 존경하는 때라고는 고작 제삿날과 명절날 아침 차례상을 차릴 때 정도 아닌가.

고전 읽기 독후감 대회가 아니어도, 부모님이 시키거나 선생님이 권유하지 않아도 꼭 읽어야 할 기본 도서로서 《그리스 로마 신화》가 독자 여러분의 가슴에 오롯이 들어앉길 바란다. 독후감을 쓰지 않아도 아무

권이나 순서 없이 읽어도 좋은 책. 각주를 통해 다양한 생각을 해볼 수 있는 책. 그래서 평생 살면서 마르지 않는 샘물처럼 어린이 청소년에게 인문학적 가르침을 주는 큰 산이 되었으면 좋겠다. 그래서《젊은 베르테르의 슬픔》에서처럼 힘들고 어려운 일이 있고, 상처 입었을 때 언제는 이렇게 외칠 수 있었으면 좋겠다.

"저《그리스 로마 신화》읽을래요."

주석으로 쉽게 읽는

고정욱 그리스 로마 신화 ⑩

초판 1쇄 인쇄 2024년 12월 27일
초판 1쇄 발행 2025년 1월 17일

지은이 고정욱
펴낸이 이범상
펴낸곳 (주)비전비엔피 · 애플북스

기획 편집 차재호 김승희 김혜경 한윤지 박성아 신은정
디자인 김혜림 이민선
마케팅 이성호 이병준 문세희 이유빈
전자책 김희정 안상희 김낙기
관리 이다정

주소 우) 04034 서울특별시 마포구 잔다리로7길 12 (서교동)
전화 02) 338-2411 | **팩스** 02) 338-2413
홈페이지 www.visionbp.co.kr
인스타그램 www.instagram.com/visionbnp
포스트 post.naver.com/visioncorea
이메일 visioncorea@naver.com
원고투고 editor@visionbp.co.kr

등록번호 제313-2007-000012호

ISBN 979-11-92641-62-1 04840
         979-11-92641-52-2 04840 [SET]